井上靖 文集

いのうえ やすし

斗牛·猎枪

[日]井上靖 著
陈燕 译

TOGYU, RYOJU

重庆出版集团
重庆出版社

TOGYU, RYOJU, HIRA NO SHAKUNAGE
by INOUE Yasushi
Copyright © 1949, 1949, 1950 by The Heirs of INOUE Yasushi
All rights reserved.
Originally published in Japan.
Chinese (in simplified character only) translation rights arranged with
The Heirs of INOUE Yasushi, Japan
through THE SAKAI AGENCY and BEIJING KAREKA CONSULTATION CENTER.
Simplified Chinese translation copyright © 2021 by Chongqing Publishing House Co., Ltd.
All rights reserved.

版贸核渝字（2020）第066号

图书在版编目（CIP）数据

斗牛·猎枪/（日）井上靖著；陈燕译.—重庆：重庆出版社，2021.12
ISBN 978-7-229-16231-3

Ⅰ.①斗… Ⅱ.①井… ②陈… Ⅲ.①短篇小说—小说集—日本—现代 Ⅳ.①I313.45

中国版本图书馆 CIP 数据核字（2021）第 240730 号

斗牛·猎枪
DOUNIU · LIEQIANG

[日]井上靖 著 陈燕 译
责任编辑：魏雯 许宁
装帧设计：谢颖设计工作室
责任校对：何建云

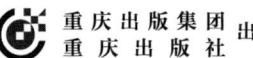
重庆出版集团 出版
重庆出版社

重庆市南岸区南滨路162号1幢 邮政编码：400061 http://www.cqph.com
重庆出版社艺术设计有限公司 制版
重庆市国丰印务有限责任公司 印刷
重庆出版集团图书发行有限公司 发行
E-mail:fxchu@cqph.com 邮购电话：023-61520646
全国新华书店经销

开本：850mm×1168mm 1/32 印张：6.625 字数：115千
2021年12月第1版 2021年12月第1次印刷
ISBN：978-7-229-16231-3
定价：59.80元

如有印装问题，请向本集团图书发行有限公司调换：023-61520678

版权所有 侵权必究

目录 / Contents

001 猎枪

　　蔷子的信/009

　　阿绿的信/026

　　彩子的信(遗书)/043

063 斗牛

145 比良山上的石楠花

190 译后记

192 附录　井上靖年谱

猟銃

我在日本猎人俱乐部的机关刊《猎友》——一本薄薄的杂志——的最新号上，发表了一首题为《猎枪》的诗歌。

这么一说，或许让人听着觉得我是一个对打猎多少有些兴趣的人。可是，把我抚养成人的母亲向来极为厌恶杀生，因此我至今连一杆气枪都不曾摸过。《猎友》杂志的编辑恰巧是我高中时代的同学，一把年纪了，却依然放不下诗歌同好杂志。大概是他一时兴起，加上几分久别叙旧的客套，便托我写一首诗。那是一本跟自己不搭界的特殊杂志，对方还要求作品要取材于跟打猎有关的事情，倘若是平常的我，肯定当场就拒绝了。恰好那个时候，偶然有些事情让我对猎枪与人的孤独之间的关系起了诗兴，想着什么时候要以此为题写个作品，便觉得这是个绝佳的发表去处。于是，在十一月底的一个终于有些寒意逼人的夜晚，我伏案写作，完成了一首带有个人风格的散文诗。第二天，早早便寄往《猎友》的编辑部。

那首散文诗《猎枪》与我接下来所写的这篇手记多少有些关系，姑且在此移录如下：

那人衔着一个大烟斗，让猎狗走在前方，长靴用力地踩着霜柱，慢慢地趟开初冬天城山小道的草丛攀登而去。带有二十五发子弹的腰带，黑褐色的皮质上衣，架在肩上的丘吉尔双管猎枪。那是一种夺人性命、闪着白光的钢铁武器，究竟是什么人要武装得如此冷酷呢？不知道为什么，我对擦身而过的那个高个子猎人的背影产生了浓厚的兴趣。

自那以后，在都市车站或闹市的深夜时分，我有时会突然想要像那猎人一样行走。缓慢、安静、冷酷——那一刻，每每在我眼里成为猎人背景的，并非初冬时节冷峻的天城山，而是莫名有些落寞的白色河床。而且，一杆铮亮的猎枪上，印烙着同时浸染于中年孤独的灵魂与肉体中的沉重感，散发出一种在它瞄准生灵时所见不到的、不可思议的血腥之美。

朋友寄来了刊有这篇《猎枪》的杂志。哗哗地翻着书页时，一向漫不经心的我才第一次发现，自己的作品尽管题上了《猎枪》这个煞有介事的题目，却与这个杂志的风格相去甚远，跟散落在四处的"打猎之道"、运动员精神等等，或者是诸如健康的爱好之类的词语格格不入。刊登着我的诗歌的那一页，仿佛一个离岛似的，成了一个孤立的截然不同的特殊空间。毋庸多言，我在这篇作品里，展现了猎枪本质上的性格，那是我凭借自己诗的直觉把握住的。如果这么说有些言过其实的话，那至少是我曾经有意那么做的。在这一点上，我相当自负，于心无愧。如果这篇作品刊登在其他杂志上，当然也是毫无问题的。只是这本杂志是日本猎人俱乐部的机关刊，一向以宣传打猎为最健康、最豪迈的爱好为使命。《猎枪》刊登于其中，我的猎枪观便多少显得有些歪门邪道，令人敬而远之。意识到这一点后，我才体会到朋友当初拿到我的诗稿时心中的为难，估计也是相当犹豫吧。他勉为其难地刊登了这首诗歌，可以想象那种出于友情为我费心劳神的样子。当时，我真是为此感到心痛。我还想着，或许会从猎人俱乐部的某个人那里收到一两个抗议。结果，这不过是我在杞人忧天。不管过去了多长时间，我连一封类似内容的明信片都不曾收到过。不知道是幸还是不幸，我的作品被全国的猎人们完全无视了。或者说得更确切一些，可能根本无人阅读过它。两个月后，我已经将这件事彻底抛诸脑后。一天，一个名叫三杉穰介的陌生人给我寄来了一封书信。

我曾见过后代的史家如此评论泰山的一个古碑上刻着的文字："像是秋台风过去后，太阳白晃晃的光芒一般"。我在收到的白色和纸大号信封上见到的三杉穰介的笔迹，如果稍微夸张一点形容，便是那样的文字。那种笔迹早已湮灭，现在甚至连古碑的一页拓本都无处可寻，它究竟有何风韵格调，本就无从想象。三杉穰介那几乎要溢出信封的大个草书体文字，乍一看，字迹华丽，给人一种豪放的感觉。可是，稍稍看上一会儿，一个字一个字，便有一种空虚感迎面而来。于是，我突然想起了上述史家关于泰山石刻书法的评说。笔头蘸满墨汁，左手持着信封，一气呵成，笔走龙蛇——人们可能如此想象，可是，那笔势里透出一种与所谓的枯淡不同的、莫名冷漠的面无表情与兴致索然。换言之，那自在的笔势让人感受到一种怏怏不乐、带着浓郁的近代人色彩的自我，丝毫没有世上善书者身上的那种庸俗与可恶。

总而言之，那封信出现在我家粗糙的木制邮箱里，它的堂堂风范，华丽得有点不合时宜。打开信封一看，只见一间①多的宣纸上，每行大概有五六个大字，行笔同样潇洒自如——我对打猎有些兴趣，前一阵子，偶然有机会在《猎友》杂志上拜读了您的高作《猎枪》。我天生是个粗人，跟诗歌的风雅向来无缘。实言相告，这是我平生第一次读诗。这么说可能有失礼数，但我好像也是第一次见到尊名。不过，拜读了《猎枪》之后，我体会到了一种久违的感动——大概就是这样的开头。当我第一眼看到这封信时，行将忘却的散文诗《猎枪》一事浮上心头。我想，这下终于有个猎人，而且还是相当厉害的家伙，给我寄来抗议信了，一时间心里紧张不已。然而，读着读着，我发现信的内容跟自己的预想截然不同。信上所写的，完全出乎我的意料。三杉穣介

---

①日本的长度单位，一间约等于1.8米。

的措辞始终郑重有礼,另一方面,文章内容也如同他的笔迹一样不失自恃与冷静,条理相当清楚。"《猎枪》中写的人物,或许就是我吧?十一月初,我去天城猎场时,在山麓村庄的某个地方,我高高的背影偶然间落入了您的眼帘。专门训练来捕猎山鸡的带黑白斑点的猎狗,我在伦敦时恩师送我的丘吉尔猎枪,甚至连我喜欢的烟斗,都被您看到了,真是惶恐之至。您甚至还将我自己难以悟到的浅陋内心,升华为诗歌的意境,真是不胜荣幸。在感到难为情的同时,我也非常佩服诗人这一特殊存在所拥有的非凡洞察力。"——读到这里,我试图按照他所说的那样,重新勾勒出一个猎人的身影:五个月前的某个清晨,在伊豆天城山山脚的一个温泉小村,我在杉树林中的小道上散步,偶然与他擦身而过。可是,除了对当时吸引目光的那个猎人莫名孤独的背影有些漠然的印象之外,我再也无法清晰地想起任何事情。那是个高个子的中年绅士,除此之外,不用说他的外貌,我的脑海里就连他的年龄和穿着打扮等,都没留下什么清晰的印象。

  本来,我也并非是特意去观察那个人。一个绅士肩上扛着猎枪,从对面走来,嘴上衔着烟斗。那身影与一般的猎人不同,他的四周带着一种思索的氛围,在初冬清晨寒冷的空气中,十分清新地映入了我的眼帘。因此,在错身过后,我不由得又回头看了看他。他离开了来时的小路,走进了一条通往山上的杂木丛生的道路，仿佛担心长靴打滑似的，慢慢地，沿着相当陡峭的斜坡，一步一步沉稳有力地往上走去。我目送着他，那背影就像我在《猎枪》中所写的那样，不知为何显得十分孤独。

当时，他手上牵着的猎犬是优良的塞特犬。这一点知识，我还是有的。至于那人肩上扛着的猎枪是什么来历，一向跟打猎无甚交集的我则无从得知了。猎枪中的极品是理查德或丘吉尔，这是我后来创作散文诗《猎枪》时，临时抱佛脚查到的。我完全是出于个人喜好，在作品中随意地将英国制造的高级猎枪放在了绅士的肩上。没想到，跟现实中的三杉穰介的猎枪，偶然间不谋而合了。因此，即使现在他本人自报家门，声称自己是散文诗《猎枪》的主人公，我也只不过闪过一个念头："哦，是么？"对我而言，作为我虚构的人物的实体，三杉穰介依然是个陌生人。

那位三杉穰介的书信还有后续内容——突然说起奇怪的事情，您可能会觉得有点蹊跷，我现在手上有三封寄给我的书信。我原本是打算烧毁它们的，但拜读了您的高作《猎枪》，知道您这个人物之后，突然想请您读一读这些书信。扰您清净，真是万分抱歉，我将这三封书信另封邮寄给您，能否请您在方便的时候赐读？除了请您赐读之外，别无他意。我希望您能了解，您笔下我窥见的"白色河床"究竟是什么。人真是一种愚蠢的存在，似乎总在期待有人能够明白自己。我从未有过这样的心情。但是，自从我知道您对我这个人有特殊的兴趣之后，便突然产生了想让您知道我的一切的念头。您过目之后，那三封信，请代我一并丢弃即可。此外，您在伊豆看到我的身影，应该就是这三封信刚刚到我手上之后不久发生的事情。不过，说到我对打猎产生兴趣一事，可以追溯到数年之前。我那时跟如今孤身一人不同，在公私两方面上，生活算是顺心遂意，但猎枪好像早就已经架在了我的肩上。请让我就此事附上一笔。

在读完这封信的第三天，我收到了那三封信。与前面的信件一样，上面写着"伊豆旅馆三杉穣介"。那是三位女性写给三杉的信。我读这些信，不，我读了这些信之后的感想，在此姑且不提。我打算把它们抄写在下文中。最后在此附记一句，我觉得三杉应该是个有一定社会地位的人，便查阅了一下绅士名录、人名录及其他材料，都一无所获，三杉极有可能是他特意为我而起的一个化名。此外，我想事先声明一下：抄写书信之际，我发现了许多用墨水涂抹的地方。其中一些我认为显然写有他的真名的地方，便直接添上了三杉穣介的名字。信中出场的其他人物，则全部使用化名。

蔷子的信

叔叔、穰介叔叔。

母亲过世之后，时间过得很快，已经过去三周了。从昨天开始，上门吊唁的人也没有了，家里一下子变得冷清。母亲已经不在这个世上了，孤寂终于变成了一种真实的感受，渗进了我的心里。叔叔您一定非常疲惫了吧。葬礼的大事小情，从通知亲戚到守夜仪式的宴席的安排，一切都是您在张罗。不仅如此，因为母亲的死又是那么特殊，警察那边，您还代我去了好多次。承蒙您费心帮忙处理了所有事情，真不知道该如何跟您表达谢意。事情结束之后，您又为了公司的工作，立刻前往东京，不由得十分担心，您可千万别一下子累倒了。

如果按照您出发时的计划，今天应该已经处理完东京的事情，正在欣赏伊豆美丽的杂木林了。那片杂木林我也知道，风光明媚，但整体有一种瓷画般的感觉，清冷而沉郁。蔷子想让您在逗留伊豆期间读到这封信，便动笔了。

叔叔您看了之后，会想要衔着烟斗吹吹风——我原本想要写一封这样的书信，却怎么也写不出来。从方才开始，因为总也写不下去，已经废弃了好几张信纸。这并非我的初衷。我想坦诚地把蔷子现在的想法告诉您，争取得到您的谅解，于是反反复复地考虑，终于完成了构思。可是，一旦提起笔来，想说的话便顿时一齐涌上了心头。不，也不是这样。实际上，悲伤如同起风的日子里芦屋海上的白色浪尖一样，从四面八方朝我涌来，让蔷子脑中一片混乱。不过，蔷子还是把信写下去吧。

叔叔，我跟您坦白了吧，叔叔和母亲之间的事，蔷子都已经知道了——在母亲去世的前一天，蔷子偷偷地看了母亲的日记，知道了所有的一切。

如果必须将这些诉诸言语，那该是多么痛苦的一件事！蔷子不管怎么努力，最终还是难以完整地从口中吐露出一句。因为是书信，所以写下来了。既不是害怕，也不是恐惧。只是悲伤不已。因为悲伤，口舌已经麻木了。悲伤不为叔叔，不为母亲，也不为我自己。一切的一切，环拥着我的蓝色天空，十月的阳光，百日红的树皮，随风而动的竹叶，还有水、石头、泥土，触目可见的自然的一切，在我想要启齿的那一瞬间，便都蒙上了一层悲伤的色彩。自从读了母亲日记的那一天起，我周遭的自然，一天中有两三次，多的时候五六次，犹如阴云蔽日，瞬间蒙上一层悲伤的色彩。只要一想起叔叔和母亲的事情，我周遭的世界便顿时变了模样。而且，叔叔您知道么，在颜料盒中的红色、蓝色等三十多种颜色之外，世界上还存在一种清晰可见、名为悲伤的色彩。

叔叔和母亲的事情，让我知道了世上有一种爱情，它得不到任何人的祝福，也不应该得到祝福。叔叔和母亲之间的爱情，只有叔叔和母亲心里明白，其他人谁也不知道。绿姨不知道，我不知道，亲戚中也无人知道。隔壁邻居、对门住的人、最亲密的朋友也绝对不知道，也是绝对不能知道的事情。母亲过世后，便只有叔叔知道了。有一天，连叔叔也过世的话，那么在这个世界上，无人会想象得到，这样的爱情曾经存在过。在此之前，我一直相信爱情像太阳般明亮、闪耀，应该永远得到神与人的祝福。它像是清澈的小河一般，在阳光下闪烁着美丽的光芒，风儿吹过时，泛起无数温柔的小浪花。岸上的茵茵草木、缤纷花朵，柔美地镶在小河边。小河不断地演奏着清澈的音乐，自己逐渐茁壮成长。我一直深信，这才是爱情。不见阳光，不知来自何处，也不知去向何方，深藏于地下，偷偷地流淌着的一条阴渠似的爱情，我如何能够想象得出来呢？

母亲欺骗了我十三年。并且最终在欺骗中离开了人世。不论何种情况，我都无法想象，母亲和我之间存在着秘密。

不管遇到什么事情，母亲自己也常常说道："我们母女俩可是相依为命来着。"只是关于为什么必须跟父亲分开一事，母亲总是说要等我将来嫁人了才会明白，不曾提及。我当时一心盼望着能早点长到可以嫁人的年纪。这并不是为了知道母亲与父亲之间的事情，而是因为我觉得母亲把那些事情搁在自己一个人的心里，该是多么的难受。实际上，母亲在此事上显得相当痛苦。但我没有料到，母亲居然还有其他秘密瞒着我！

当我还小的时候，母亲常常跟我说起一只鬼迷心窍的狼欺骗了一只小兔子的故事。那只狼因为欺骗了兔子，最后变成了石头。母亲欺骗了我，欺骗了绿姨，欺骗了世界上所有人。啊！这叫什么事！她是被多么可怕的恶魔给迷住了啊！对了，母亲自己在日记里使用了"恶人"这个词语，她写道："我和三杉都要变成恶人了""既然都要变成恶人，那就索性变成大恶人吧！"她为何不写自己被恶魔迷住了呢？比欺骗了小兔子的狼要不幸得多的母亲！即便如此，我也不肯相信，温柔的母亲和我非常喜欢的穰介叔叔居然决心要成为恶人，而且是大恶人！不彻底变成大恶人就无法守护的爱情，是多么的可悲啊！小时候，在西宫圣天寺的庙会上，有人给我买过嵌有红色人造花花瓣的玻璃镇纸。我把它拿在手里，向前走去，但最终却哭了起来。为什么突然哭了起来，恐怕谁都无法明白我当时的心情。无法动弹、冻结在冰冷的玻璃中的花瓣，不论春夏秋冬都静止不动的花瓣，变成了十字架的花瓣。一想到那花瓣的心情，我便忍不住悲从中来。今天，同样的悲伤再次出现在了我的心里。啊！宛若悲伤的花瓣一般的叔叔和母亲的爱情！

叔叔、穰介叔叔。

蔷子偷偷看了母亲的日记一事，叔叔一定感到生气吧。不过，可以说是我的预感吧，在母亲去世的前一天，我突然觉得她可能无法得救了。母亲将不久于人世。我从她身上，感受到了一种不祥的预感。正如叔叔您知道的那样，这半年以来，母亲一直低烧不退。除此之外，不见食欲不振等症状，脸颊反而更加红润，比以前胖了一些。然而，在我看来，最近母亲的背影，尤其是自肩膀到左右两边手腕处的线条，不知为何，显得异常孤独，令人不安。在她过世的前一天，绿姨前来探望，我去母亲房里通报此事。当我不经意间打开唐纸拉门时，吓了一跳。母亲身上穿着纳户蓝①的结城屋②外褂，背对着门，坐在地板上。那件外褂上绣着大朵的蓟花，之前母亲说太花哨了想要送给我，多年来一直用纸包

---

①日本传统色彩，接近于蓝绿色。
②经营和服布料的著名老字号，创始于明治三十四年。

着放在衣柜里,她鲜少取出来。当我不由自主地叫出声时,母亲便朝这边转过身来,问道:"怎么了?"她似乎对我的惊讶感到有些莫名其妙。

"不是说了……"

说到这里,我便突然哽住了。自己也不明白为何如此大惊小怪,觉得有些好笑。讲究穿戴的母亲取出以前花哨的和服穿在身上,这也不是什么稀奇的事情。尤其是生病之后,可能是为了排解郁闷吧,一边说着太花哨了,一边从衣柜里找出多年未沾身的和服穿上。这已经成了母亲每天的嗜好了。然而,我事后再想想,当时自己的确被身穿结城屋外褂的母亲惊呆了。母亲看上去很美,形容为令人惊艳,也绝非言过其实。与此同时,她又显得十分落寞,我从未见过那么落寞的母亲。绿姨跟在我后面进来,她也是一进屋便说道:"真漂亮!"然后,似乎一时间看得入了迷,一言不发地坐着。

母亲身穿结城屋短褂的背影,虽然美丽却十分落寞。这种感觉像是一块冰冷的秤砣一般,整整一天都沉在我的心里。

傍晚,吹了整整一天的风止住了。我和女佣定代将飘落在院子各处的落叶扫在了一起,点上了火。接着,把前几天花了高价买来的稻草束拿了过来,准备给母亲的暖手炉烧些稻草灰。母亲坐在客厅里,隔着玻璃窗一直望着我们。这时,只见她手里拿着一包用漂亮的牛皮纸包得整整齐齐的东西来到走廊,说道:"把这个一起烧了吧!"当我问她那究竟是什么的时候,母亲以平日里少见的严厉口吻说道:"你管它是什么!"之后,她好像又改变了主意,静静地说道,"是妈妈的日记。"接着,她又叮嘱道,"就这么烧了吧!"说完,便迅速地转过身去,顺着走廊走开了。她的脚步有些踉跄,像是风儿把她带走了似的。

稻草灰大概烧了半个小时左右。当最后一根稻草灼灼燃烧,化为紫烟时,我就下定了决心。我拿着母亲的日记,悄悄地来到二楼自己的房间,把它藏在了书架深处。到了夜里,风又刮了起来。从二楼的窗户望去,院子里洒满了耀眼的白色月光,有一种北方海滩般的荒凉。风声掠过,听起来就像汹涌澎湃的波涛似的。母亲和定代已经歇下了,只有我一个人还没睡。为了防止有人突然打开房门,我在门口堆了五六本沉甸甸的百科全书,又将窗帘也全部放下(因为连泻进屋里的月光都让我感到胆战心惊),调整好台灯罩子,把一册大学笔记本放在灯下。这笔记本是我从牛皮纸包裹里取出来的母亲的日记。

叔叔,穰介叔叔。

我当时想，要是错过了这个机会，我将永远无法知道父亲和母亲之间的事情。在此之前，我一直老老实实地准备等到自己长大嫁人时，母亲把一切告诉我。我并没有特别想要知道父亲的事情，只是把门田礼一郎这个名字珍藏在内心深处。可是，自从白天看见母亲身穿结城屋外裇的背影时起，我的想法发生了变化。不知何故，我觉得母亲的病可能已经无力回天，这在我心中化为了一个悲伤的信念。

关于母亲为何与父亲分开一事，明石的外祖母、亲戚们说的一些话，不知不觉也飘进了我的耳朵。父亲为了获得学位，在京都一所大学的小儿科从事研究。当时，五岁的我与母亲、外祖父母以及女佣们一起住在明石那边的家里。四月的一天，狂风大作，一个年轻的女人抱着刚刚出生的婴儿，上门来找母亲。她一来到客厅，便把婴儿放在壁龛处，然后解开腰带，从带来的小篮子里取出和式长衬衣，换起衣服来。这举动让端茶过来的母亲大吃一惊。那人当时已经神经错乱了。事后，我们才知道，那个睡在壁龛处红红的南天竹果实下方的孱弱婴儿，是父亲和那个女人生下的孩子。

那个婴儿不久夭折了，那个女人万幸只是一时精神失常，不久就恢复了常态。听说现在嫁给了冈山的商人，过得很幸福。事情发生后不久，母亲便带着我从明石的家里跑了出来。身为女婿的父亲，最终也离开了明石的家。当我去上女子学校时，明石的外祖母曾经说过："彩子也是个倔性子，木已成舟，没办法了呀……"或许是母亲的情感洁癖让她无法原谅父亲的过失吧。关于父亲和母亲的事，我知道的只有这么多。在七八岁之前，我一直以为父亲已经过世了。在成长过程中，别人一直给我灌输这种想法。是的，即便是现在，在我心目中，父亲依然是个死人。据说在离此地不到一个小时的兵库，父亲经营着一家大型医院，现在仍是独身一人。这种现实存在的父亲，我无论如何都想象不出来。即使现实中，父亲依然活着，但是我——蔷子的父亲早已不在人世了。

我翻开了母亲日记的第一页。我的眼睛紧紧地盯着，结果出人意料，是的，最早发现的文字居然是"罪"字。"罪、罪、罪……"纸上潦草地写着好几个"罪"字，难以相信那居然是母亲的笔迹。在那层层叠叠的数个"罪"字下方，胡乱地写着"神啊，请饶恕我吧！阿绿，饶恕我吧！"仿佛因为这罪字之沉重而饱受煎熬。周围的其他文字全部消失，只剩这一行文字像恶魔一般喘着气，眼看就要扑过来似的，面容狰狞地窥视着。

我啪的一下合上了日记。多么可怕的一刻啊！四周一片静寂，只能听见蔷子的心在猛烈地跳动。我从椅子上站起来，再一次小心确认门窗是否已经关好。然后，我重新回到桌前，狠了狠心，再次翻开了日记。我觉得自己仿佛着了魔似的，将母亲的日记一字不漏地全部读了个遍。我曾经那么渴望知道的父亲的事，日记里只字不提。母亲用粗暴得令人难以置信的文字，书写着我做梦也想不到的她和叔叔之间的事情。母亲时而痛苦，时而欢欣，时而祈祷，时而绝望，时而决心赴死——是的，母亲曾经无数次准备自杀。母亲已经做好了决定，一旦绿姨知道了她跟叔叔之间的事情，便选择死亡。一向那么愉快、开朗地跟绿姨谈笑的母亲，居然如此地惧怕绿姨！

在那本日记里，母亲十三年来，一直背负着沉重的十字架活着。日记有时连着写四五天，有时两三个月都不见记录任何内容。然而，每一页日记里，都有一个时刻与自己的死亡面对面的母亲。"死了不就好了？死了岂不是一切问题都解决了吗？"啊！究竟是什么让母亲写下了这样自暴自弃的文字！决心去死的话，还有什么值得可怕呢。"大胆一些，彩子！"究竟是什么让温柔的母亲喊出了这样不管不顾的话呢？是爱情么？是那种被称之为爱情的美丽闪耀的存在么？叔叔曾经送给我一本书作为生日礼物。书中一个高傲的裸女将浓密、长长的发束蓬松地绕在胸前，双手托着如花蕾般朝着上方的乳房，亭亭玉立地站在美丽的泉水边。据说这裸女便是爱情的象征。啊！叔叔和母亲的之间的爱情，与此相比，真是天壤之别！

从读完母亲日记的那一瞬间开始，绿姨也变成了蔷子在这个世上最害怕的人。母亲的秘密，就此变成了蔷子的痛苦。啊！那个曾经抿嘴亲吻过蔷子的绿姨！那个蔷子非常喜欢、程度不亚于妈妈的绿姨！当我上卢屋小学一年级时，送给我一个带着大朵蔷薇花图案的书包的人，正是绿姨！还有，去丹后由良的临海校时，送给我大大的海鸥游泳圈的，也是绿姨。二年级的学艺表演会上，我表演的《小拇指》的故事获得满堂喝彩，每天晚上给我奖品让我排练的，也是绿姨。还有，还有，不管我想起小时候的哪件事情，处处都有绿姨的身影。与母亲是表姐妹、最为要好的绿姨。现在只喜欢跳舞，以前麻将、高尔夫、游泳、滑雪都样样擅长的绿姨。烤出来的馅饼比蔷子的脸蛋还要大的绿姨。请来一群宝冢少女，让母亲和蔷子大吃一惊的绿姨。啊！为什么绿姨总是那样明媚，如同蔷薇花一般，快乐地出现在母亲和蔷子的生活中呢？

叔叔和母亲的事情，如果说对此有所预感的话，蔷子曾经有过唯一一次这样的经历。那大概是一年前的事情了。在和朋友一起去学校的途中，到了阪急电车的凤川站附近，我突然想起来自己把英语课外读本忘记在家里了。于是，我让朋友在车站等我，自己一个人回家去取。到了家门口，不知为何，我却无法迈进家门。那天一早，定代便出门办事去了，家里应该只有母亲一人。可是，家里只有母亲一人，却让我莫名地感到不安。我有些害怕。进还是不进，站在大门口，我目不转睛地望着杜鹃花丛，想了好一会儿。最后，我放弃了进门取英语读本的念头，转身回到了朋友正等着的夙川车站。那是一种连自己也莫名其妙的奇怪心情——从方才自己离开家门出发去上学的那一刻起，家中便开始了母亲一个人的时间。如果我走进家门，母亲会难堪，会一脸悲伤。我怀着难以形容的孤独心情，一边踢着石子儿，一边走在芦屋川沿岸的路上。回到车站，朋友跟我说话，我心不在焉地听着，身子靠在了候车室的木椅子上。

这种事只发生过一次。可是，现在，我觉得这种预感极为可怕。啊！人为何这么可恶呢！如何能够断言，绿姨从来不曾有过像我这样无缘由的预感呢？打牌时，绿姨甚至能够比猎犬更为敏捷地逮住对方的心思，这是她最为自豪的事。啊！光是想一想，都觉得毛骨悚然！不过，这应该只是蔷子滑稽可笑的杞人忧天吧。一切已经都结束了。秘密被保住了。不，为了保住秘密，母亲离开了人世。蔷子对此深信不疑。

在不祥的那一天，母亲那短暂却又令人不忍目睹的、强烈的痛苦即将到来之前,她把我叫到了身边,那张脸就像木偶净琉璃戏中的人偶一般光滑。

"妈妈刚刚吞下了毒药。我累了,已经累得无法活下去了。"

这些话,与其说是对蔷子说的,不如说是通过蔷子跟神灵倾诉。母亲的声音听起来像是天上的音乐一般,澄澈得不可思议。前一天夜里,我在母亲的日记里刚刚读过的,那些由"罪、罪、罪……"那些堆积得高如埃菲尔铁塔一般的罪之文字,在母亲的四周轰然崩塌。我清晰地听见了那声音。母亲十三年间一直背负着数层之高的罪之楼,如今它正折磨着筋疲力尽的母亲,要将她压垮在地。那一刻,我精神恍惚,轻轻地坐在了母亲身前,眼睛追逐着母亲遥望远方已然放空的视线。突然,仿佛山谷中刮起的秋台风似的,一股怒意袭上心头。那是一种近似于愤怒的情绪,一种不知道该针对何人、滚烫如沸水般的愤懑。我望着母亲悲伤的面容,只是短短地回答了一句:"是么?"像是与己无关似的。回答之后,如同被浇了冷水一般,我的心顿时变得冷静、澄澈起来。我怀着连自己都感到惊讶的冷静心情,起身向外走去。我并未横穿客厅,而是仿佛在水上行走一般,沿着长长的直角走廊一路前行(这时,身后传来了被死亡的浊流吞没的母亲的短促的悲鸣。)我来到走廊尽头的电话间,给叔叔打了电话。可是，五分钟之后，吵吵嚷嚷地从玄关跑进来的并非叔叔，而是绿姨。母亲让她最为亲近又最为害怕的绿姨握着手，咽下了最后一口气。之后，绿姨用手拉起一块白布，盖在了母亲那再也感受不到痛苦和悲伤的脸上。

叔叔，穰介叔叔。

守灵的第一夜，是个十分寂静的夜晚，寂静得令人恍若隔世。白日里，警察、医生、邻居等频繁进进出出，这会儿一下子都停止了。到了夜里，在棺木前面，只有叔叔、绿姨和我坐着。谁都没有说话，似乎都在聆听某种慢慢袭来的微微水声似的。每当香快焚尽时，便轮流有人起身走过去点香，对着遗像施礼，再悄悄打开窗户给屋子换换空气。看上去，叔叔最为悲伤。轮到他起身去点香的时候，总是用极为安静的视线，凝望着母亲的遗像，悲伤的脸上浮现出无人能懂的微笑。那个晚上，蔷子不知道想过多少次：不管母亲的一生如何痛苦，或许她依然曾经幸福过。

九点左右，我站起来走到窗户处，猛地大声哭了起来。这时，叔叔起身走了过来，把手静静地放在了蔷子的肩上。过了一会儿，他又一言不发地默默回到了位子上。那个时候，蔷子之所以哭，不是因为母亲去世带来的悲伤涌上了心头。而是想起了白天母亲在最后的遗言中，对叔叔只字未提。此外，在我把母亲离世的事情打电话告诉叔叔时，为什么是绿姨，而不是叔叔赶了过来呢？想着想着，心头便突然感到一阵难过。叔叔和母亲之间的爱情，直到临死最后一刻，还依然不得不掩饰——这就像变成了十字架后，嵌在玻璃镇纸中的花瓣一样可怜。我起身推开窗户，出神地望着泠泠的星空，强忍住快要哭出声的悲伤。突然想到，这一刻母亲的爱情正朝着那星空升去，它正悄悄地在星辰与星辰之间穿梭，蔷子便顿时再也克制不住了。我觉得，与正在朝星空飞升而去的爱情的悲伤相比，母亲一个人的死亡的悲伤，不可同日而语。

当拿起筷子吃寿司夜宵的时候，我再一次痛哭起来。绿姨那静静的声音温柔地说道：

"你要坚强一点。我什么忙都帮不上，真是不好受。"

我拭去眼泪，抬头一看，只见绿姨自己眼中也盈满了泪水，正凝望着我。我看着绿姨那双濡湿的美丽眼睛，沉默地摇了摇头。那时候，她应该没有注意到我的小动作吧。实际上，蔷子是忽然觉得绿姨很可怜才哭的。绿姨把供奉母亲用的寿司夹到了碟子里，然后把叔叔的、蔷子的、她自己的寿司夹到了四个碟子里。看着这一切，我不知为何，突然觉得绿姨是最可怜的人。于是，这种心情化为呜咽，难以克制。

那天夜里，蔷子还哭过一次。绿姨、叔叔劝我早点入睡,说是第二天会非常辛苦。我躺进隔壁房间的被窝之后哭了。一进被窝,白天的劳累让我一下子就睡着了。但是,后来在一身虚汗中,我又醒了过来。看了一眼多宝阁上的时钟,发现时间大概过去了一个小时。隔壁停放棺木的房间,跟之前一样无声无息,除了叔叔偶尔按动打火机的声音之外,没有任何声响。过了半个小时左右,我听到了叔叔和阿姨之间的简短对话:

"要不,你去睡一会儿?我来守着。"

"我没事,你才需要歇一歇。"

不过,仅此而已,马上又恢复到原来的寂静。不知过了多久,那种寂静依然持续着。蔷子在被窝中,第三次恸哭起来。这一次的哭声,叔叔和绿姨应该都没有听到吧。这一刻,蔷子觉得一切都变得那么孤独、悲伤、可怕。已经成佛的母亲和叔叔,还有绿姨三个人,坐在一个房间里。而且,三个人各怀心事,沉默地坐着。蔷子顿时觉得,成年人的世界孤独、悲伤、可怕得令人难以忍受。

叔叔,穰介叔叔。

漫无边际地写了这么许多。接下去蔷子所说的心愿,希望能够得到叔叔的理解,我尽量如实地把自己的心情写了下来。

要说心愿，别无其他，就是蔷子不想再见到叔叔和绿姨了。我已经无法再像读日记以前那样，天真地跟叔叔撒娇，任性地跟绿姨说一些淘气的话了。蔷子想要从压垮了母亲的罪之文字散乱的世界中离开。我已经没有力气再说些什么了。

芦屋这边家里的事情，已经托付给了明石的亲戚津村叔叔。蔷子想权且先回明石，开一个小小的洋装裁缝店，自食其力地谋生。母亲留给我的遗书中也说了，一切事情要跟叔叔商量。可是，母亲如果知道现在的蔷子的心情，她应该也不会那么下命令了。

母亲的日记，今天我在院子里烧掉了。一本大学笔记本变成了一把小小的灰烬。在我想往上浇一些水，去取水桶时，小小的旋风将它和枯叶一起，不知卷到何处去了。

我会将母亲写给叔叔的信另外寄给您。那是叔叔出发去东京的第二天，我整理母亲桌子里的东西时发现的。

阿绿的信

三杉穰介先生：

如此正儿八经地写你的名字，简直就像是在写情书似的，心跳不已。自己真是白活了这么些岁数（话虽如此，我也不过才三十三岁）。细想起来，我在这十年左右的时间里，有时瞒着你偷偷摸摸地，有时大胆公开地写了数十封情书。可是，其中居然没有一封是写给你的，这究竟是怎么回事呢。不开玩笑，认真地想了想，自己也有种不得其解、不可思议的感觉。你不觉得这事有点荒唐可笑么？

高木先生的夫人（你也认识吧，一化妆，脸就像狐狸似的那个女人），曾经评论过大阪神户之间的头面人物。当时，她极为失礼地评价过你，说你是一个对女人而言十分无趣的人，不了解女人细腻的内心，即使你对女人倾心，也一辈子得不到女人青睐。这当然是高木夫人微醺之后的失言，无须在意。不过，话说回来，你身上确实有这样的地方。你与孤独无缘，丝毫没有惧怕孤独的迹象。此外，你考虑事情格外干脆果断，坚信自己的想法是最正确的。或许你是出于自信，可是在一旁看着，便莫名地想要做些什么让你产生动摇。总而言之，你像是一个对女性而言难以消受、毫无生趣，即便喜欢上了也不值得爱恋的男人。

我数十封情书中，居然没有一封是寄给你的。我对此耿耿于怀，焦躁地希望你能明白我的心情。这或许本来就是一种强人所难的奢望。话虽如此，我也的确对此事感到不可思议。哪怕有一两封情书是寄给你的也好。当然，这也得看从何种角度去想。虽然我的情书并没有寄给你，但如果它们都是以呈献给你的心情写下的，即便收信人不同，从我自身的情感来看，可能并无太大大区别。只是因为天生害羞，不管年纪多大，依然像个纯真的小姑娘似的，做不到给丈夫写甜美的书信，结果就把能够冷静地提笔的其他男人当做丈夫，孜孜无倦地给对方写情书。可以说是命中注定吗？这是我生来的不幸。同时，也是你的不幸。

君心何所思，我心亦切切。
唯恐扰清雅，不敢近身去。

去年秋天，我想着书房中的你，将当时的心情用和歌写了下来。这首和歌承载着一个可怜的妻子的心情：与其说是不想破坏你正凝望着白瓷或其他什么物件的那种静谧，不如说即使想破坏也不知该如何破坏（啊！你是一座多么无懈可击、坚不可摧、难以对付的堡垒！）。"骗子！"你可能会这么想吧。即使我在通宵玩麻将，思绪偶尔飘向远处的书房之类的事情，还是可以从容做到的。当然，就拿这首和歌来说，我最后把它悄悄地放在了哲学青年——话虽如此，今年春天，他已经从大学讲师荣升为副教授了——田上先生公寓的桌子上。结果，正如你所知道的那样，这好像一不小心就破坏了年轻教授高贵而静谧的精神世界。当时，庸俗小报的花边新闻刊登了我的事情，给你添了些许麻烦。方才我说了，在一旁看着你，便想要做些什么，让你心生动摇。这件小事是否多少让你有些动摇了呢？

这么东拉西扯，终究只会让你更加不快罢了，还是切入正题吧。

你是怎么想的呢？我们这种名存实亡的夫妇关系，细想起来，已经持续了相当长时间了。你不想就此画上一个大大的句号，彻底痛快么？这肯定是件伤心事，但是如果你没有什么特别的反对意见的话，谈谈让你我一别两宽、各自自由的办法，如何？

如今，工作上，你也从各方面的第一线急流勇退了（被罢免了公职的实业家名单中,居然有你的名字,真是意外)。我想对你而言,清理我们之间不正常的关系,现在不失为最佳时机。简单地说一下我的期望。如果能得到宝冢和八濑的别墅,我就心满意足了。八濑的房子大小正合适,周边环境也合我心意,我想把那里当作住处。宝冢那边以两百万元左右的价格出让,所得钱款用以度过余生。从方才开始,我擅自做了各种设想。可以说,这是我最后一次任性,也是从未跟你撒过娇的我绝无仅有的一次请求。

尽管突然跟你提出了这样的要求,但现在我身边并没有什么聪明伶俐、可以称之为情人的对象。所以,你完全不必担心我会被什么人卷走钱款之类的。非常遗憾,迄今为止,我还没有发现一个男人,可以让我体面地视他为情人。发脚打理得极为细致,像柠檬的切口一样整齐,腰身的线条像羚羊一样干净矫健,就这两个条件,世上能达到的男人也并不多见。多年前,一个新嫁娘对丈夫动心时最初的喜悦,直到十年后的今天依然如此强烈,这真是遗憾。说到羚羊,报纸上曾经刊登过一个新闻,说是在叙利亚沙漠的正中央,发现了一个跟羚羊一起生活的裸体少年。啊!那张照片真是太美了!蓬乱的头发下那冷峻的侧脸!那时速五十英里的修长的双腿的魅力!即便现在想起来,依然只有那位少年让我感到异常的心潮澎湃。所谓知性,便是那种容颜,所谓狂野,便是那种身姿吧。

自从见过那个少年之后，这双眼睛里，不管什么样的男人都显得俗不可耐、无聊之至。假如你的妻子心中曾经迸出过不贞的火花，顶多也就是为羚羊少年动心的那一刻吧。一想到那个少年紧致的皮肤被沙漠的夜露濡湿之时，不，不如说是一想到那个少年奇特的命运之清冽，即便是今天，我依然心潮摇曳。

前年，我曾经一度迷恋过新创作派的画家松代。在这件事上，如果你将别人的流言照单全收的话，我会觉得有些为难。当时，你看着我，眼里的确有一种近乎怜悯、莫名忧伤的光芒。明明没有什么要让你怜悯我啊！即便如此，我依然被你当时的眼睛所吸引。即使逊色于羚羊少年，也是极为出众的。那般出众的一双眼睛，视线却丝毫不为我所动！目光灼灼算不了什么，那不是凝望着瓷器的那双眼睛。所以，我变得像九谷烧那般冰冷透凉，非常想找个地方一动不动静静地坐着。于是，我便跑去松代那飘着寒意的画室，给他当当模特什么的。不过，这些姑且不说，我现在依然十分欣赏他在建筑上的见解。尽管有些地方仿效了郁特里罗，但我觉得一个画家能够画下那些无聊的建筑，将近代的忧愁（极淡的忧愁）作为一种情感沉淀在作品中，在如今的日本还是十分罕见的。不过，人品不行。不合格。如果你是一百分的话，他最多六十五分。虽然有才气，但总觉得有污点。容貌端正，可惜没什么品味。一叼起烟斗来，显得十分滑稽。那是一张二流艺术家庸俗的脸，似乎身上所有的精华都被作品吸走了。

自那以后，可能是去年的初夏时节吧，我曾经喜欢过津村，他是农林省杯赛马大奖赛的优胜者"蓝色荣誉"的骑手。那个时候，你的眼里也是恶意地闪烁着一种与其说是怜悯，不如说是冷冷的轻蔑的光芒。一开始在走廊与你擦身而过时，我曾经以为是窗外的绿叶让你的眼睛看起来有些蓝。后来，我才发现，那是一个了不得的误会。我真是太糊涂了。如果当初我明白那一点的话，我投向你的目光不管是冷漠也好温情也罢，心里多少也会有一些准备！不管怎样，那段时间，只有速度之美，才能吸引我所有的注意力，让我深陷其中。你那中世纪式的情感表达方式与我的感性无缘。不过，当时我真想也让你见识一下津村那高洁的斗志，哪怕一次也行。津村紧紧地贴在卓尔不群的"蓝色荣誉"背上，笔直地连连赶超十几匹的赛马，一路向前驰骋。即使是你，当你从望远镜中看见那认真而可爱的生命（说的当然是津村而不是"蓝色荣誉"）的瞬间的身姿时，也会热血沸腾的。

那个二十二岁的少年，有些桀骜不驯。只是因为我说会从望远镜中看着他，便硬是刷新了两次纪录。那么一种狂热的样子，我平生第一次见到。为了得到我的赞美，那个少年骑在褐色的雌马身上，将我的事情抛诸脑后，化身为速度狂魔。我认为我这看台上的爱情（应该算是爱情的一种吧）是那种似水般澄澈的热情，看着他在直径两百二十七米的椭圆形赛场上飞奔驰骋，的确是我那个时候最大的生存乐趣了。作为奖赏，把三颗在战争中幸免于难的钻石送给他，我也丝毫不觉得可惜。不过，那个少年骑手的可爱，仅限于他骑在"蓝色荣誉"背上的时候。一旦下了马，便是一个连咖啡的味道都分不太清楚的懵懂少年。不愧是马背上锻炼出来的奋不顾身、一往无前的斗志，把他带在身边，比起领着书生妹尾或左翼三谷要带劲得多。但是，也就仅此而已。所以，最后我把自己喜欢的那个有点噘嘴的十八岁舞女介绍给他，甚至还帮忙操办了婚礼。

　　说得起劲，一不小心便扯远了。当然，虽说我已经退居洛北八濑，还是很有些舍不得隐退的。我丝毫不想就这么收山。建个窑烧烧茶碗之类的，这种事就让给你来做，我去别处种种花吧。听说如果把花卉拿到四条那边去卖，相当赚钱。带上奶奶、女佣，再加上两个对种花有心得的闺中好友，这些人手应该就能让一百枝、两百枝的康乃馨绽放吧。暂时实行男人免入制，我对弥漫于室内的男人气味有些厌倦了。这是真心话。这回我打算重新出发，去寻找真正的幸福。我正在认真地考虑生活的规划。

我突然提出这样的离婚要求,你也许会感到惊讶。不,相反地,你可能常常纳闷,为何我一直不曾提出分手。我也是如今细想起来,才发觉自己居然跟你这样一起生活了十几年。回首过去,事到如今,万分感慨。在某种程度上,我也是个被贴了行为不端标签的太太。也许在别人的印象中,我们是一对奇怪的夫妻。不过,我们倒也没怎么丧失体面。有时甚至和和美美地给人做媒,就这么一路走来。在这一点上,我觉得自己应该可以得到你的充分赞许,你说呢?

写分手信真是件难事。我讨厌哭哭啼啼,但也不喜欢过于欢欣雀跃。我想尽量漂亮地提出分手,不要给彼此带来伤害。但字里行间似乎总有一种别扭。分手信这种东西,不管由谁来写,终究都无法成为美丽的书信吧。既然如此,不如索性写一封名副其实、冷酷到底的分手信吧。平日里,你总是对我非常冷漠。接下去,我要下狠心写一封让你讨厌我的信,它会让你变得比平日更加冷漠,还请见谅。

那是昭和九年二月的事情了。早晨九点左右,我从热海酒店二楼的一个房间,望见你身着灰色洋装从正下方的断崖上走过。那是很久很久以前的事情了,发生在像梦一般朦胧的一个日子里。请你冷静地听我说完吧。一个身材高挑的美丽女子紧紧地跟在你身后。她穿着纳户蓝的外褂，上面织有惹眼的蓟花。这一幕深深地刺痛了我的眼睛。我没想到自己的预感居然如此应验。为了验证这个预感，前一天晚上，我一整夜未曾合眼，坐夜班列车一路摇晃来到这里。我心里想着一句老话："如果是梦的话，就让我快点醒来吧！"那时，我才二十岁（与现在的蔷子同岁）。对于一个涉世未深的新嫁娘来说，这刺激略微有点太大了。我立刻叫来了侍应生。他有些诧异，我勉强搪塞应付完，便把账给结了。我一刻也待不下去了，飞快地离开了那里。在酒店前的马路上伫立了一会儿，我强忍着心中火烧火燎的灼痛，犹豫着该向下往海那边走去，还是往车站走去。沿着通向海边的路走了一会儿，不到五十米，便又停住了脚步。隆冬季节，大海如同从胶管中挤出后涂抹上去的普鲁士蓝一般，在阳光下熠熠生辉。我紧紧地盯着大海，呆呆地站着。突然，我改变了主意，转身朝着车站方向走去。细想起来，那条路是如此漫长，我一直一步一步走到了今天。当时，假如我沿着通往你们所在的海边的那条路走去，也许就会发现今天这个不一样的我了。可是，不知道是幸抑或不幸，我并没有那么做。如今想来，那一刻便是我人生中最大的歧路了。

那个时候，我为什么没有选择通往海边的那条路呢？不为别的，只是因为与那个年长自己五六岁的美丽女人彩子姐姐相比，在人生经验、知识储存、才华、外貌、心灵、咖啡杯的拿法、聊文学、听音乐、化妆技巧等方面，一切的一切，自己都望尘莫及。这种心情盘踞心头，让我动弹不得。啊！这种谦卑！只有纯绘画线条才能表现出来的二十岁新嫁娘的谦卑！当身体浸入初秋冰凉的海水中时，只要稍稍一动，便会愈发感受到一种冷意，所以便一动也不敢动——你一定有过这样的经历吧。当时，我就是那样，害怕得丝毫不敢动弹。既然你欺骗了我，那我也骗一骗你——我是在很久很久以后才立下这个决心的。

你和彩子曾在三宫车站的二等座候车室里等候过下行的快车。时间好像是在热海酒店的事过了一年以后吧。当时，我夹在一群前去修学旅行的如花似玉的女学生当中，正犹豫着是否要走进那间二等座候车室。还有一次，在彩子家门前，我一边抬头望着窗帘的缝隙间漏出柔和灯光的二楼，一边久久地站在如同贝壳一般紧紧关闭着的门前，犹豫着是否要伸手去按门铃。那一夜，虫儿高声嘶鸣。一切记忆犹新，历历在目。这件事可能跟三宫车站的事情发生在同一时期。话虽如此，当时究竟是春天，还是秋天？偏偏这种记忆总是少了季节的感觉。此外，你听了会不好受的事情，我这儿还有一大堆呢——可是，我终究没有采取任何行动。甚至连热海酒店那事发生时，我都不曾选择通往海边的那条路。甚至连那个时候、连那个时候——当那苦涩深蓝、耀眼夺目的海面一角突然出现在我眼前时,之前一直拼命克制住的心中那种灼烂般的痛苦,像是剥开了薄纸似的,渐渐地平息了下来。

然而,对我而言,虽然有过那么一段疯狂的时期,但我们之间却一直风平浪静,仿佛是时间解决了问题。像是炽热的铁片逐渐冷却一般,你一旦变得冷漠,我便不肯示弱地也变得冷漠。如此一来,你便更是冷上加冷。最后,终于造就了今天这样一个寒气逼人的异常家庭,冰冷得仿佛眼睫毛都要被冻住似的。家庭?不!不是那种暖洋洋、有人味的存在,把它称为城堡更合适,我想你一定也会赞成这个说法的。细想起来,我们困在这座城堡里十几年,你欺骗我,我欺骗你(是从你先开始的)。人与人之间的礼尚往来真是悲哀啊。我们的全部生活都建立在彼此拥有的秘密之上。对于我的诸多出格行为,你的脸色有时轻蔑,有时不快,有时悲伤,但又总是作出一副若无其事的样子。我常常在浴室里大声叫唤女佣帮忙拿烟。从外面回到家里时,我掏出手提包里的电影节目单,用它啪嗒啪嗒地朝着胸口扇风。不管在客厅还是走廊,无所顾忌地将候比甘的化妆粉乱撒一气。撂下电话听筒,跳起华尔兹的舞步。宴请宝冢的明星们,夹杂在她们中间拍照。身上穿着宽袖棉袍打麻将。过生日那天,甚至给女佣们都系上了缎带,叫来一大班学生,在家里闹翻了天。这一切会让你如何心生厌恶,我心里一清二楚。但是,你从未严厉指责过我的行为,你也无从指责。所以,我们之间不曾发生过任何争执。城堡一直保持着沉寂,只有弥漫于其中的空气如同沙漠的狂风一般,冷峻地飒飒掠过。你能用猎枪打中野鸡和山鸠,却为何不能朝我的心口开上一枪呢?你既然欺骗我,为何不能更加狠心地欺骗到底呢?即使是男人的谎言,女人也会为之神魂颠倒的……

十几年间,我一直忍受着这样的生活。如今想来,我们之间的这种礼尚往来也该画上句号了。有些事情即将发生,有些变化即将到来!——这种期待虽然微小,却十分执拗地潜藏于我内心深处的某个地方。我们之间的关系最终将以何种方式落幕呢?在我看来,只有两种可能:有朝一日,我轻轻地依偎在你的胸前,静静地闭上眼睛。不然,则是用你送给我的埃及礼物——一把削笔刀,用尽全力地刺进你的胸膛,直至鲜血喷溅出来。

你觉得,我究竟会期待以哪一种方式落幕呢?说实话,连我自己也不知道。

对了,大概是五年前吧,曾经发生过这样的事情。不知道你是否还有印象。我记得应该是你从南方回来之后的事情。那一次,我大概两天没回家了。第三天中午我带着几分醉意，步履蹒跚地回到了家里。我一心以为你还在东京出差，可是不知为何，你居然已经回到家里，一个人在客厅里护理猎枪。我只说了一句"我回来了！"便来到走廊，坐在沙发上，背对着你，迎着冷风。走廊玻璃门上有一处地方，凭借搭在房檐下的户外餐桌上方的伞幕的遮挡，像一面镜子似的，将部分室内场景映照了出来。你正在用白布擦拭猎枪的身影也在其中。我在外面玩累了之后，有些焦躁，甚至连根手指头都不想动一下，十分疲倦。我漫不经心地看着你映在玻璃门上的一举一动。你擦好了枪杆之后，装上已经擦拭妥当的枪栓，上上下下举了两三次，把枪抵在了肩膀上。猎枪牢牢地靠在肩头上，一动不动，你轻轻地闭上了一只眼睛开始瞄准。我猛地回过神来，发现猎枪正毫不含糊地对准我的背部。

是想要开枪打死我么？即使没有上好子弹，但这一瞬间你是否心怀杀意，对此我极感兴趣。我佯作不知，闭上了眼睛。你瞄准的是肩头，还是后脑勺？或者是脖颈？我迫不及待地等着扳机咔嚓一声在静静的房间里冷冷响起。然而，等了很久，扳机的声音一直不曾响起。假如咔嚓一声响起，我便在那一瞬间当场昏倒——这一场戏，我在心里准备已久，仿佛是我守候多年的一个人生意义。

我等得有些不耐烦，便悄悄睁开了眼睛，发现你依然在瞄准我。我就那样待了一会儿。突然，不知为何，一种极为愚蠢的想法浮上心头。我动了动身子，朝着真实的你——而非玻璃门中的虚像望去。这时，你迅速地将枪口从我身上移开，瞄准了院子里的石楠花。那石楠花从天城山移植而来，那年是第一次开花。只听见咔嚓一声，扣动扳机的声音终于响了。当时，你为何没有朝不贞的妻子开枪呢？我是有资格挨这一枪的。你心里充满了浓浓的杀意，最后却没有扣动扳机！假如你当时扣动了扳机，不肯饶恕我的不贞，把憎恶干净利落地射进我的胸膛——也许我反而会老老实实地倒进你的怀里。或者正相反，变成是我让你领教了一下我的射击本领。不管怎样，你没有走出那一步。于是，我从替罪羊——石楠花上移开视线，夸张地迈着蹒跚的步履，嘴里哼着《巴黎屋檐下》或其他什么曲子，回自己的房间去了。

可是，自那以后，许多年过去了，一直没有什么契机让我们走到那一步。今年夏天，院子里的百日红的花色尤为浓艳刺目，前所未有。也许会有什么不一样的事情发生——我有一丝近乎期待的心情。

我最后一次探望彩子，是在她过世的前一天。当时，我没有想到，事隔十多年，居然再次见到了那件纳户蓝的外褂——在热海刺眼的晨曦中，它曾经如同噩梦一般深深地烙进了我的眼里。外褂上，大朵大朵的紫色蓟花轮廓清晰，沉甸甸地压在你心爱的女人纤弱的肩上。我进屋坐下，同时说了一句："哎呀，真漂亮！"我极力想要让自己平静下来。但是，一想到她不知出于何种心思居然在我面前穿着这件外褂，浑身上下顿时感到阵阵沸腾的热血咆哮而过，难以自制。那一刻，我知道任何克制都已经无济于事了。夺走别人丈夫的女人的作恶与二十岁新嫁娘的谦让，终有一天将同时站在审判庭上。这一天似乎已经到了。我掏出了十几年来深藏在心底的秘密，静静地放在了蓟花的面前。

"真是充满了回忆啊，这件外褂！"

"哎"，彩子短促地叫了一声，声音小得若有似无。当她朝这边转过脸来时，我的视线恰巧跟她对上了。我决不肯移开视线，因为理所当然的，她应该先让开。

"你跟三杉一起待在热海的时候，穿的就是这件外褂吧。不好意思，那天，我看到了。"

果然，她的脸眼看着失去了血色，唇边的肌肉抽搐着，似乎想要说些什么——我确实感受到了——最终一句话也未能说出来。她低下了头，视线落在了膝上那双白皙的手上。

这时，我忽然觉得，十几年来，自己就是为了这一瞬间而活着。身心像是冲了淋浴一般爽快，但内心某处却浮起了一种难以言状的悲哀：那两种结局中的一种，正面目清晰地出现于眼前。我久久地沉浸在这种思绪中。我只要稳稳地坐在这里即可,她一定很想就此消失吧!在此期间,不知道她想了些什么,只见她扬起了那张蜡白的脸,静静地望着我。那一刻,我心里想,她可能活不了了。死神在这一瞬间降临在了她的身上。否则,她的眼神不可能如此安静。院子突然变得昏暗,但阳光倏地又明媚起来,隔壁传来的钢琴声戛然而止。

"没关系,我一点也没放在心上,这回正式把他送给你吧。"

说完,我站起身,把之前搁在走廊上的探望病人用的白色玫瑰拿了过来,插在了书架上的水瓶里,稍微动手调整了一下。然后,再次望向了低垂着头的彩子那纤细的脖颈,心里想着恐怕这是最后一次见她了(多么可怕的预感啊!),说道:

"你不必在意,说起来,我也骗了你十几年了,我们平分秋色。"

接着,我忍不住噗嗤一声,笑了出来。尽管如此,当时真是一片惊人的沉默。从始至终,她一言不发,静静地坐在那里,仿佛连呼吸都停住了一般。审判结束了。接下去何去何从,是她的自由。

我以连自己都感到惊艳的步伐甩开裙摆,迅速地离开了房间。

"阿绿!"那天她说的第一句话从背后传来,但是我并未理会,就那么从走廊拐了过去。

"咦,绿姨,你的脸色煞白!"

在走廊,我遇到了端着红茶过来的蔷子。直到这时,我才发现自己的脸上已经血色尽失。

我想,你应该能够明白我现在必须跟你离婚的心情,或者不如说是你忍不住要跟我离婚的心情。我啰里啰唆地写了许多失礼的话,十几年来我们之间令人伤心的关系,确实到了必须画上句号的时候了。我想说的大概就是这些了。如果可能,希望你在逗留伊豆期间,能给我一个同意离婚的答复。

对了,最后告诉你一件新鲜事。今天,时隔多年,我代替女佣打扫了你那间独立的书房。书房打理得安静舒适,我很是欣赏。长沙发坐起来很舒服,书架上的仁青壶也摆得恰到好处,仿佛只有那一处鲜花怒放一般。这封信就是在书房里写成的。高更的画作跟这个书房的风格不太协调,如果可以的话,我想把它拿走,挂在八濑的房子里。所以就随手把它摘了下来,换了一幅弗拉曼克的雪景图挂上去。然后,我帮你整理了放西服的衣柜,往里头放了三套冬天的西服,并且按照我的喜好一一配好了领带。不知道是否会合你心意。

彩子的信（遗书）

当你看到这封信的时候，我已经不在世上了。我不知道死亡究竟是怎样一回事，唯有一件事可以确定，那便是我的喜悦、痛苦和烦恼都已不复存在。想着你的千思万绪，对蔷子的无尽牵挂，也将从这个世界消失。我的肉体，我的心灵，一切都将荡然无存。

尽管如此，在我离开人世几个小时或者几天之后，你将会看到这封信。届时，这封信将会把我当下心中的万端思绪转达给你。它将跟活着的我一样，把我的种种想法和考量一一告诉你。这些想法与考量是你尚不知晓的。你将会像跟活着的我对话一般，从这封信中倾听我的声音，时而惊讶，时而悲伤，时而斥责。你应该是不会落泪的吧。但是，你会一脸悲伤地说："你真傻啊！"那表情只有我见过（阿绿绝对不知道）。你的表情、你的声音，我都清清楚楚地看得见、听得着。

这么一想，即使我已经离开人世，在你开始读这封信之前，我的生命依然悄悄地藏匿在这封信中。从你打开信封目光停留在第一个文字上的那一瞬间开始，我的生命之火将再次热烈地燃烧起来。直到你看完最后一个文字为止，在那十五分钟或者二十分钟的时间里，我的生命将如同我活着的时候一样，再一次融入你身体的每一处，让你的心中思绪万千。遗书是多么的不可思议啊。即使其中仅仅凝聚着我十五分钟或者二十分钟的生命，是的，即使只有这么多，我也一心想要将真情献给你。时至今日，跟你说这些话，有些可怕，但我生前似乎始终不曾跟你表露过真实的自己。此刻，写遗书的我是真正的我。不，只有写遗书的我才是真正的我。真正的——

经过秋雨的洗礼，山崎天王山的红叶美不胜收，如今依然历历在目。红叶为何那般美丽呢？车站前，远近驰名的茶室妙喜庵紧闭着的古旧大门的屋檐下，我们俩一边躲雨，一边仰望着眼前的天王山。天王山耸立于车站背后，山体陡峭，巍峨挺拔。眼前的美景让我们不由得屏住了呼吸。是由于时已十一月，又恰逢日暮时刻，所以来了个轻佻的恶作剧？是那天午后数场小阵雨经过，所以属于晚秋时节特殊气象的所作所为？整座天王山看上去是那般如梦似幻，多彩多姿，甚至让我们对即将一起登上山腰一事，生出几分惧意。那时候的杂木林红叶之秀美动人，我至今仍然记忆犹新。

那一天，我们两个人第一次单独相处。从早晨开始，我便被你拉着在京都郊外四处转悠，已经身心俱疲。你也一定非常疲惫了吧。"爱是一种执着。我对茶碗执着不是坏事吧？那么，我对你执着，又有什么不对呢？"你一边走在天王山陡峭细小的坡道上，一边尽说着些乱七八糟的话。然后，你又说道："只有你和我见过这般美丽的天王山红叶，是我们两个人同时见到的。事到如今，一切已经无法挽回了！"简直像个任性的孩子在吓唬人一般。

整整一天，我都紧张不已，一心想从你身边逃离。但是，你那些稚气无邪、自暴自弃的话突然击破了我的防线，令我溃不成军。你粗暴的言语与恐吓透着一种漫无边际的悲伤，让我浑身上下顿时感受到了一种女人被爱的幸福，甜蜜得如同花儿绽放一般。

我曾经无论如何都原谅不了丈夫门田的过失。然而，还是同一个我，如今却轻而易举地原谅了自己的不贞。

"变成恶人吧！"在热海酒店，你第一次使用了"恶人"这个词语。你还记得吗？那是一个狂风大作的夜晚。面朝大海的遮雨窗啪嗒啪嗒地响了一整夜。夜半时分，你想将它修好，便打开了窗户。只见远远的海上，有一艘小渔船失火了，看上去仿佛一堆篝火在燃烧似的，火光腾起，一片通红。那里显然有人正命悬一线,但我们却丝毫没有感受到恐惧,眼里只有一片美景。然而,关上窗户后,我突然感到不安,便再次打开了窗户。此时,不知是否船已经燃烧殆尽,海上不见一点火光,只有黑暗的海面朦胧静谧,无边无际。

直到那天夜里,我依然竭力想要跟你分手。然而,当我目睹小船失火之后,我的想法便不可思议地被命运左右了。"两个人一起变成恶人,一起欺骗阿绿一辈子吧!"当你如此提议时,我毫不犹豫地回答:"既然要变成恶人,那就索性变成个大恶人吧!不只是阿绿,世界上所有的人,我们都彻底骗个遍吧!"自从和你秘密幽会以来,那天夜里,我第一次得以安然入睡。

那天夜里,海上的小船在无声无息中被熊熊的火焰燃烧殆尽。我似乎从那艘船上看到了你和我那无法拯救的爱情的命运。此刻,我一边写着这封遗书,眼前一边浮现出那艘船在夜色中化为火海的一幕幕。那一夜,我所目睹的海上发生的一切,无疑正是一个女人挣扎于现世的刹那间的痛苦身姿。

可是,沉溺于这些追忆之中也无济于事。之后十三年的岁月中,虽然也有许多的痛苦与烦恼,但我还是觉得比任何人都要更加幸福。你博大的爱情震撼着我,抚慰着我,甚至可以说幸福得有些过度了。

白天,我随意地翻阅了日记,发现里面有许多"死""罪""爱"之类的字眼。事到如今,我才认识到,你我一路走来是多么的不容易。但是,当我把日记放在手上时,一本大学笔记本让我感受到的终究是幸福的重量。罪、罪、罪——终日被这种"罪"的意识所俘虏,每一天都在跟死的幻影面面相觑:"阿绿一旦识破了,我就非死不可""阿绿知道此事时,我就以死谢罪"。然而,正因为如此,自己拥有的才是无可替代的、莫大的幸福。

啊!谁能想到,除了这样的一个我,还存在着另外一个我(你可能觉得这种说法有些矫揉造作,但我不知道除此之外,还能如何说明)。是的,在我这个女人心中,还住着另外一个我,连我自己都不了解她。这个我,你既不知道,也无法想象。

有一次,你曾经说过,不论是谁,每个人的身体里都有一条蛇。那是你去见京都大学理学部的竹天博士时发生的事情。在你和博士会面的时候,为了打发时间,我待在那栋阴暗的红砖建筑的长廊的一角,一个一个地观察着陈列在那里的容器中盛放的蛇标本。半个小时后,当你从房间里出来时,我已经被蛇弄得有些恶心了。当时,你盯着那些标本,开玩笑地说:"这是彩子的,这是阿绿的,这是我的,每个人都有一条蛇,用不着那么害怕。"阿绿的是一条产自东南亚的深褐色的蛇。你说了是我的那条蛇产自澳大利亚,个头虽小,但全身布满雪白的斑点,只有头部像锥子一样尖锐。你究竟是出于什么意图那么说的呢?自那以后,我并没有再跟你谈论过这件事,但当时那番话莫名地让我心有感触,记忆至今。之后,有时,我会独自陷入思考:"人身体里的那条蛇究竟是什么呢?"它有时是我执,有时是嫉妒,有时是宿命?

那条蛇究竟是什么,时至今日,我仍然没有答案。但不管怎样,正如你当时说过的那样,我的身体里有一条蛇。它今天第一次出现在了我的面前。连自己也不了解的另一个我,确实也只能将其命名为蛇了。

事情发生在今天下午。阿绿来家里看望我,当时我身上穿着那件很久以前你从水户买来的、年轻时我最喜欢的那件纳户蓝的结城屋外褂。阿绿走进房间,一看到这件衣服,便一副大吃一惊的样子。她欲言又止,就那么默不作声地坐了一会儿。我以为是自己有些不循常理的穿着让阿绿感到无话可说,便带着几分恶作剧的意思,故意一声不吭。

这时,只见阿绿冷冷地朝我这边瞥了一眼,说道:

"这外褂,是你跟三杉在热海时穿的那件吧!那天,我看见了。"

她脸色苍白得吓人,似乎精神已经到了临界点,说出来的话像是用短刀直接刺入般尖刻。

阿绿的话意味着什么,我那一瞬间并未立刻反应过来。过了一会儿,当我终于明白那句话的意义之重大时,只是不由得拢了拢衣襟,然后觉得非那么做不可似的,端坐了起来。

原来她全部知道了,从那么早开始!

真是不可思议,我的心情非常平静,像是在傍晚的海边,看着潮水远远地奔涌而来似的。"啊,你知道了,全都知道了。"我想拉着她的手,抚慰几句。我曾经是那样地惧怕这一刻的到来,如今它终于降临了,却不带丝毫的恐怖。两个人之间,仿佛只有岸边静静的水声流过。你和我十三年间的秘密,瞬间被毫不留情地剥去了面纱。然而,等在那里的,并非我思虑已久的死亡,该怎么说好呢,安宁、恬静,对了,是一种不可思议的休憩。我松了一口气。长期以来压在肩上的重负卸掉了,取而代之的不过是一种莫名令人泫然欲泣的情感空白。我觉得似乎有许多事情需要考虑。并且,这并不意味着阴郁、悲伤、恐惧,而是一种遥远的空虚,却又伴随着一种宁静的满足。我的确沉浸于一种可以说是解脱的陶醉之中。我注视着阿绿的眼睛(可我其实根本没在看什么），失神地呆坐着。阿绿在说些什么，我一点也没有听进去。

等我回过神来时，她已经离开了客厅，脚步凌乱地穿过走廊，朝对面走去了。

"阿绿！"我呼唤着她的名字。我也不知道为什么要叫住她。或许是我想要她在我面前再多坐一些时间，直到永远。假如她回过头来，我也许会毫无掩饰地以一颗坦诚的心对她说："把三杉正式让给我，好吗？"或者，我会以同样的心情，截然相反地说道："是时候把三杉还给你了。"究竟会出现哪一种说法，我也全然不知。阿绿就那样走了，没有回来。

"阿绿要是知道了，我就去死！"——多么滑稽的梦想。罪、罪、罪，多么空洞的罪之意识。一度把灵魂出卖给恶魔的人终究只能成为恶魔么？十三年来，我欺骗了神，甚至把自己也给欺骗了吧？

之后，我沉沉睡去。当我被蔷子摇醒时，觉得全身关节疼痛，动弹不得，像是十三年的疲惫一下子爆发出来了似的。等我意识清醒了，发现明石的伯父坐在枕旁。他主要从事承包业，你也曾经跟他见过一面。他因公去大阪出差，途中抽出半个小时过来看望我。伯父跟我漫无边际地闲聊了一会儿，便立刻告辞了。他在玄关处一边系着鞋带一边说道："门田这回也结婚了。"

门田——我已经多年没有听过这个名字了。不言而喻，门田指的便是我已经离了婚的丈夫门田礼一郎。虽然伯父是无意中提起的，却让我心里起了波澜。

"什么时候？"

我的声音直发颤，连自己都觉察到了。

"上个月？或者是上上个月吧。听说在兵库的医院边上建了房子。"

"是么？"

我好不容易才回答了这么一句。

伯父离开后，我一步一步地沿着走廊慢慢往回走。走到一半，我便抓住了客厅的柱子，只觉得一阵眩晕，似乎身体即将滑落一般。我不由得用力抓紧了柱子，就那么站着透过玻璃窗往屋外看。外面刮着风，树木正摇曳着，却异常安静，仿佛隔着水族馆的玻璃墙望见的水中世界一般。

"啊，不行了！"

我自己也不明白这句话是什么意思，便脱口而出。

"什么不行了？"不知何时已经来到屋里的蔷子应声问道。

"我也不知道。"

我咴咴地笑出了声，蔷子的手从背后轻轻地扶着我：

"您说些什么呀！快，赶紧回床上吧。"

在蔷子的催促下,我还算是利落稳当地走回了床边。但是,当我一坐在床上,便感到周遭的一切如同堤堰决口,全线崩溃。我侧着身子坐下,一只手撑在被子上。尽管如此,蔷子在屋里时,我还是勉强克制住了情绪。但当她朝厨房走去时,我便顿时泪如雨下。

在这一刻之前,我从未想象过,仅仅是提及门田结婚的消息而已,居然会给我带来如此沉重的打击。这究竟是怎么回事呢?不知时间过去了多久,隔着玻璃窗,我忽然望见蔷子正在焚烧落叶。夕阳已经落山了,我一生中从未见过这般沉静的黄昏。

"啊,已经在烧了!"

我低声说道,仿佛早就明了这是件注定会发生的事情。站起身,我从抽屉深处取出了日记。蔷子在院子里焚烧落叶,一定是为了把我的日记付诸一炬的。怎么可能不是呢?我拿着那本日记来到檐廊,坐在藤椅上,挑着读了一会儿。这是一本罗列着"罪""死""爱"等文字的日记,是恶人的忏悔录。十三年的岁月中,我一笔一画写下的罪、死、爱的文字,在昨天之前,它们还充满了炫目的生命光彩,如今已经荡然无存,适合跟蔷子焚烧的树叶化成的紫烟一起升入云霄。

我把日记递给蔷子的时候,便下定了死的决心。总之,我觉得必须去死的时刻到来了。在这种情况下,与其说是下定了死的决心,也许不如说是丧失了活下去的力量。

和我离婚之后,门田一直独身一人。虽然他不过是去国外留学,或者赴东南亚战场打仗,错过了再婚的机会而已,但总之他在跟我分开之后,并未再娶。如今想来,他过着独身生活,对我这样的女人而言,像是一种无形的巨大的精神支撑。话虽如此,但有一点请你务必相信,自从我和门田离婚之后,除了从明石的亲戚那里听过一些关于他的只言片语之外,我既没有跟他见过面,也没有想去见他的意思。甚至连门田的门字也已忘却多年了。

夜幕降临,蔷子和女佣各自回到自己的房间去了。我从书架上抽出了一本相册,那里面贴着二十几张我和门田的照片。

已经是几年前的事情了。有一天,蔷子对我说:"母亲和父亲的照片,都是脸对脸地贴着呢。"听完,我猛地一惊。虽然蔷子是无心之言,但听她这么一说,我才发现自己和门田新婚时的照片,十分偶然地分别贴在相册左右两页上,相册一合上,两个人的照片便脸对着脸了。当时,我回了一句"瞎说什么呢!"事情就那样过去了。但蔷子的话一直留在我的心里,每年总会莫名其妙地冒出来那么一次。然而,我既没有把那照片取下,也没有把它撤换掉,就那样一直保存到了今天。我觉得现在是把它剥下来的时候了。我把门田的照片从那本相册上剥了下来，夹在了蔷子的红色相册里。希望蔷子能视之为父亲年轻时的影像，长期保存。

连我自己也不了解的另一个我，就是这样一个人。你曾经说过我身体里隐藏着一条澳洲小蛇。今天早上，那条小蛇就是这样展露出它那长着小小白色斑点的身姿的。如此说来，阿绿那条暗褐色的东南亚小蛇，在这十三年间，岂不是用它那阳光般火红的舌头吞噬了我们俩在热海的秘密，却一直佯作不知？

人心里的那条蛇究竟是什么呢？我执、嫉妒、宿命——恐怕这些悉数囊括其中，是自己无能为力的罪孽。可惜我已经没有机会再跟你请教了。人心里的那条蛇是多么悲哀的一种存在啊。我记得曾经在某一本书上读过一句话"生命的悲凉"。此刻，我写着这封信，我的心正在碰触着那种无法救赎的悲伤与凉薄。啊！人的这种令人无比厌恶，又极为悲哀的东西是什么呢！

写到这里，我发现自己还是没有向你坦白真实的自己。我着手写这份遗书时立下的决心，看来十分容易动摇，仿佛极力想要从可怕的东西那里逃开似的。

我自己也不了解的另一个我——真是一个体面的借口啊！我刚才说过，我今天第一次发现自己身体里栖居着一条小白蛇。我刚才也写了，那条小白蛇今天第一次现身。

谎言。我这么说是在撒谎。实际上，我早就意识到它的存在了。

啊！一想到八月六日夜里发生的一切，我便心如刀割。那一夜，阪神一带沦为一片火海，我和蔷子两个人一直待在你设计的防空壕里。当B29轰炸机的轰鸣声不知第几次在空中震耳欲聋地响起时，我突然陷入了一种自己也无能为力的空虚孤独之中。那是一种黯然的寂寞，难以言喻，只是寂寞到了极点。我觉得再也无法继续静静地坐在那里，摇摇晃晃地想走出防空壕。就在这时，你出现在了我的面前。

四处火焰熊熊，映得天空一片通红。你家附近已经有火苗蹿起，而你却赶到我这里来，站在了我们的防空壕出口。之后，我和你一起返回防空壕。一进入壕内，我便放声大哭起来。蔷子和你似乎都认为是过度的恐惧引发了我的歇斯底里。不论是当时还是过后，我自己也无法解释清楚当时的心情。请原谅我。那一刻，我一边沉浸在你博大得让我受之有愧的爱情中，一边渴望着自己能够像你来到我们的防空壕一样，站在门田的医院的防空壕前面。那所医院在兵库，我曾经从火车的车窗望见过一次。它涂着白漆，洁净清爽。这种难以克制的欲望让我颤抖。我啜泣着，竭尽全力地忍住。

然而，这并非我第一次觉察到这一点。早在几年前，你在京都大学的某栋楼里，跟我说我有一条小白蛇时，我心中一惊，当场愣住了。我从未像那一刻那样惧怕过你的眼睛。你恐怕是无心之言，但我却有一种被你看穿的感觉，惶恐万状。之前看到真蛇时的种种恶心，也因此烟消云散。我战战兢兢地看了看你的脸，发现你不知为何，嘴里衔着一根未点燃的烟，出神地望着远方，呆呆地站立着——你从未这样过。或许是我的心理作用吧，当时你脸上是我见过最为空洞的表情。但是，那也不过是一瞬间的事，当你转过身来时，已经又是平常那个稳重的你了。

在那之前，我对我身体中的另一个我，并没有一个清晰的把握。在你命名之后，我便将其视为小白蛇。那天夜里，我在日记里写下了小白蛇的事情。小白蛇、小白蛇——我在日记本的某一页上不停地写了无数同样的文字，心里想象着小白蛇的模样。小白蛇端端正正、一丝不苟地盘成好几圈，越往上盘圈越小。一个小锥子般尖尖的脑袋从顶端冒出，笔直地朝天竖起，如同一个摆件似的。把自己身上可怕、讨厌的东西，想象成一种洁净且带着女人的悲哀与执着的存在，这让我至少得到了一些安慰。即使是神灵，也一定会觉得这样的小蛇十分可爱，心生怜惜。一定会大发慈悲。我甚至打起了这样的如意算盘。从这一夜开始，我似乎成长为更高一级的恶人了。

对了，既然已经说到了这里，还是将一切都彻底坦白了吧，还请你不要生气。十三年前，在热海酒店的那个狂风大作的夜晚，为了培育我们自己的爱情，你和我立下了欺骗世上所有人的悲壮誓言，成为大恶人。我要说的就是那个晚上发生的事情。

那天夜里，我们两人在交换了那样荒唐的爱情誓约之后，便不再说话了，仰面躺在浆洗得笔挺的雪白床单上，久久地默默注视着眼前的黑暗。那段寂静的时光，对我而言，是生命中印象最为深刻的一段时光。它是短短的五六分钟，还是三十分钟，一个小时？我们俩一直那么沉默着。

那一刻，我非常孤独。你以同样的姿势躺在我的身旁，可我却完全忘记了你的存在，拥抱着我一个人的灵魂。两个人的爱情联盟，或者可以说是秘密联合阵线初次成立，对两人而言，这应该是最为甜蜜美好的时刻。然而，我却为何陷入了如此无可救药的孤独之中呢？

那一夜，你下定了决心，要欺骗世上所有的人。但是，你应该唯独不想欺骗我吧。尽管如此，我当时却绝对没有把你视为例外。阿绿、世上所有的人，还有你，甚至连我自己，都要用漫漫一生欺骗到底，这便是我被赋予的人生。这个想法如同鬼火一般，在我孤独的灵魂深处，微微摇曳。

我对门田有一种执着，分不清它究竟是爱情还是憎恶。但我无论如何都要将它斩断。因为不管门田的不忠是怎样的过失，我始终无法饶恕。并且，为了斩断这种执着，我不管自己变成什么模样，做出什么事情。我在痛苦中煎熬，一心渴望着有什么能让这种痛苦消失。

——啊！这是怎么回事。时至今日，十三年过去了，一切似乎依然和那一夜一模一样。

爱、被爱，真是人类可悲的行径啊。在我上女子学校二三年级时，英文语法的考试中，出现过关于动词的主动语态和被动语态的试题。夹杂在打、被打、看、被看等诸多单词之中，爱、被爱这一组显得十分耀眼。正当大家都咬着铅笔跟题目对峙时，不知是谁发起的恶作剧，一张纸条悄悄地从身后传了过来。我接过来一看，发现上面写着两句话："你期待的是爱，还是被爱？"在"期待被爱"的文字下方，有许多用钢笔或各随所好地用红铅笔、蓝铅笔标上的圆圈记号，而在"期待爱"的文字下方，则一个共鸣者的标记都没有。我也决不例外，在"期待被爱"的文字下方，添上了一个小小的圆圈。爱与被爱意味着什么，十六七岁的少女对此并不了解。然而，即便在这样的年纪，就已经本能地嗅出被爱的幸福了。

在那场考试中，只有一个坐在我旁边的少女属于例外。她从我手中接过那张纸条，微微扫了一眼，便几乎毫不犹豫地用粗铅笔在那个不见一个记号的空栏里，画下了一个大大的圆圈。她选择了"我期待的是爱"。我一直清楚地记得，当时，不知为什么，在对那个少女不妥协的态度感到有点讨厌的同时，也有一种冷不丁被戳中了痛处般的困惑。那个少女在班级里成绩不太好，有些阴郁，不怎么惹人注目。她的头发有些发红，总是一个人孤零零的。也不知道她日后是如何长大成人的，二十多年后的今天，在我写着这封信的时候，那个孤独少女的面庞，不知为何，从方才开始便不断地浮现在我的脑海里。

当女人走到了人生的终点，静静地躺着迎接死亡的时候，神会将安息赐予哪一种女人呢？是尽情地享受了被爱的幸福的女人？还是没怎么品尝过幸福的滋味，却十分肯定地声称"我爱过了"的女人？可是，在神的面前声称自己爱过了的女人，这世上真的存在么？不，无疑还是存在的。那个头发稀疏的少女，或许已经成为了这种被神选中的为数不多的女人之一。她也许会披头散发，遍体鳞伤，衣衫褴褛，昂然地抬头说道："我爱过了。"然后，她便停止了呼吸。

啊！我讨厌这样，我想逃开。可是，不管我如何驱赶，那女孩的面庞依然紧跟不放。我对此束手无策。几个小时之后，我即将死去。而此刻这种难以忍受的不安又是什么呢？无法忍受爱的痛苦、追求被爱的幸福的女人应得的报应，此刻，似乎降临在了我的头上。

跟你在一起的幸福，让我度过了十三年的快乐时光。最后，却要给你写这样的一封信，这让我感到悲哀。

大海上，喷着火的小船燃烧殆尽，那最后一幕一直留在我心底。终有一天，它也会降临到我身上。今天，这一刻到来了。我已经精疲力尽，无法继续活下去了。我想这样总算是把真正的我、我的真实面貌都告诉你了吧。这份遗书中的生命，虽然只有短短的十五分钟或二十分钟，但只有这才是毫无虚假的真正的我——彩子的生命。

我最后再说一遍。十三年的生活仿佛一场梦似的。不过，你博大的爱情还是常常让我感到幸福。比世界上任何一个人都要幸福。

当我读完了写给三杉穰介的这三封信时，夜已经很深了。我从桌子里取出三杉穰介写给我的信，重新又读了一遍。那封信的末尾写道："不过，说到我对打猎产生兴趣一事，可以追溯到数年之前。我那时跟如今孤身一人不同，在公私两方面上，生活算是顺心遂意，但猎枪好像早就已经架在了我的肩上。请让我就此事附上一笔。"这些话似乎别有深意似的。我反复地读着，从带着独特的超脱的美丽字面中，突然感受到了一种不堪承受的黯然。用彩子的话来说，可能就是三杉的那条蛇吧。

我一下子站了起来，走到书房北面的窗户，出神地望着三月黝黑的夜色。远处，国营电车擦着蓝色的火花呼啸而过。对于三杉而言，那三封信究竟意味着什么呢？通过这三封信，他知道了什么呢？他并没有从中获得了什么新的事实吧。不论是阿绿的蛇，还是彩子的蛇，他应该早就知道了它们的原形吧。

夜间冷冷的空气吹打着脸颊，我久久地伫立在窗前，精神上似乎感受到了几分醉意。我双手扶住窗框，莫名地朝窗下树丛繁茂的狭小庭院望去。那里黑魆魆的，仿佛三杉说过的他的"白色河床"似的。

斗牛
とうぎゅう

昭和二十一年十二月中旬,《大阪新晚报》上显眼地刊登了一则公告:"自明春一月二十日起,于阪神球场举行斗牛大会,为期三日。"那一天,刊载有公告的报样印好之后,总编津上塞了一份在口袋里,然后跟等候已久的田代一起踏上了午后的街道。之前,津上让他独自待在寒冷的会客室里。这两三天来,隆冬的寒意逼人,街上已是浓浓的腊月味道,地面刮起了阵阵凛冽的寒风。"哦,终于登出来啦!"田代盯着津上递过来的报纸看了一眼,脸上霎时绽开了笑颜,但又立刻正色道:

"接下去,就该做宣传了。得大张旗鼓地宣传,推进到底!"

田代一边疾步而行,一边将被风吹起的报纸折成四叠,随意塞进了口袋里,"我说,有个新的事情想跟你商量一下。"

田代似乎不知疲倦,当工作告一段落时,他已经又朝着前方新的目标进发了。斗牛大会的公告得以面世,这一程相当劳心劳力。但田代身上并未留下丝毫疲倦的痕迹。

"怎么样?不能索性把全部斗牛都买下来么?一头五万元,老兄,二十二头牛总共一百一十万元,便宜到家了!您社里如果出手的话,应该不费事。只要这边意向定下来了,W市的协会那边应该可以谈妥。"

田代一个人滔滔不绝，一副为了说这件事才特意从四国远道而来的样子。一旦斗牛大会结束，这二十二头的牛可以立即转手抛售。如果暂时不着急资金问题的话，当然是把牛攥在手里见机行事为妙。好不容易将二十二头牛从偏远的四国拉了过来，即便到时候大会结束了，也不能就那么乖乖地送回去。花了一百一十万元买的牛，只消拉到阪神来，立刻就能卖到一百五六十万元。如果等上一段时间，宰杀了卖肉的话，虽说有些麻烦，但卖到两百万元左右肯定是稳稳当当的。这就是田代心里的如意算盘。

田代中等个子，肩宽体壮，全身上下都裹在厚重的真皮大衣里。他手里拎着个粗糙的鳄鱼皮波士顿包，略微有些破旧，近来可以算是件贵重物品了。走在一条通往御堂筋①的废墟道路上，田代担心声音被迎面吹来的寒风吞没，便不时收住脚步，抬头望着个子高大的津上说话。

津上"嗯嗯"地点头听着，当然，他心里并没有半点要接茬的意思。报社的创业资金为十九万五千日元，承办此次斗牛大会，毫不夸张地说，这是赌上全部身家、力难胜任的一项大事业。仅仅是为了筹措这次斗牛大会的费用，报社的财务状况就已经十分艰难。在这种情况下，要买下参赛的所

---

①大阪市一条南北向的主干道。北通梅田，南接难波，全长4027米。商业活动兴盛，是大阪市传统的繁华地区。

有斗牛，无异于异想天开。报社创办于去年十二月，至今已经有一年时间。其骨干主要来自号称国内第二大报社的B报社，从排字、印刷到摄影、联络，方方面面无不依存于B报社。所以在世人眼里，《大阪新晚报》跟B报社隶属于同一资本，是B报社的子公司。姑且不论外在情况如何，二者在实际经营上是截然分开的。老谋深算的演出商田代在签订这次斗牛大会的合同时，应该对《大阪新晚报》的经济状况做了反复的调查。尽管如此，他依然准备投入大笔资金，是因为他高估了B报社的背景，认为即便有什么闪失也不会赔钱。他对刚创办一年的小报社评价过高，除了这次斗牛大会之外，又郑重其事地提出一百多万元的大笔交易。其中既有田代作为乡下演出商的天真幼稚，又带着一种让人不屑一顾的厚颜无耻——一旦共事，便立刻暴露出本性，生意人的面目一览无余。

但是，这次跟田代合伙做这项生意，津上并未感到多大的不安与畏惧。从初次见面的那天起，津上就已经八九不离十地看穿了田代身上演出商的属性，以及那种狡猾、无耻，为了钱财有时甚至不择手段的性格。不过，津上跟这个男人一起做事，鲜少觉得自己会被对方占便宜。对方身上需要小心应对的一切性格，津上认为只要有心探查，便立刻可以摸清对方的底子，便多少有些不放在眼里。但是，比起这一点，田代经常会表现出一种对于工作十分真挚单纯的热情，有时反而让津上觉得自己更为卑劣。这桩生意，一定会大赚一笔的！——一边这么说着，田代的脸上却一副茫然若失的表情，与他一字一句铿锵有力的语调截然不同。而且，他像是在眺望着远方似的，视线落在空间的某一点上，然后缓缓地向上移动。那场景仿佛是有什么只有他能看得见的神秘花朵，正从远方召唤他的心灵似的。这一刻，田代的脑海里，种种算计已然消失了。津上像是在端详着一个摆设，不怀好意地观察着将得失抛诸脑后的演出商那近乎痴呆的神情。忽然，津上从陶醉中醒来，让自己的心冷静之后说道：

"如果鄙社不买……"

"那样的话，另外有个人想买啊！"

田代的口吻听起来像是就等着津上这句话似的。

"其实，今天烦劳您跑一趟，也正是为了这事，想请您一会儿跟他见上一面。我担心万一贵社不肯买，所以另外找了一个人备着。他可以跟您共同出资，或者哪怕撇开这桩生意，也能请他出个力。他叫冈部弥太，您不认识吗？这可是个相当厉害的人物呐！"

这句"相当厉害"从田代的嘴里说出来，对津上而言是个问题。不过，津上决定给田代面子，今天不管是去哪里，都跟着他走一遭。公告好不容易终于见刊，令人松了一口气。这让今天的津上心情愉悦。

"他是我同乡的前辈，虽说是前辈，但年纪还比我小一点。总之，是个了不起的男人。他身为阪神工业的总经理，手上还有其他三四家公司。不管怎么说，如今在伊予同乡中，冈部是个一等一的人物！"

说完想说的话之后，田代便缩起他那像堵屏风似的身子，大踏步地向前走去。

大概一个月之前，田代舍松手持印有"梅若演出公司经理"这一来历不明的头衔的大号名片，第一次出现在了位于西宫的津上家里。津上向来不在家中接待工作关系上的来访者。不过，前一天晚上咲子来了，两人照例为分手还是不分手的问题吵了一架。早上，咲子一言不发，眼里闪烁着冰冷的光芒——这既可以理解为爱情，也可以理解为憎恶。为了避开这目光，来访者反而是他期待的。

第一次见面，在津上眼里，田代正如那张名片所写，就是一个纯粹的乡下演出商而已。精力充沛的红脸膛和一副粗嗓门，的确让他显得比实际年龄更年轻一些，但他早已年过五十。手织毛料制作的咖色双排扣西服，宽条纹的衬衫，都是二十多岁的年轻人常见的花哨打扮。骨节粗大的手指上，露着两个银戒指。人已经进屋了，却不知为何脖子上依然围着那条唯一显得有些寒酸的黑色薄围巾。

田代是来推销斗牛大会的。在日本国内，只有伊予的W市举行这个赛事。田代先是大概说明了一下它的由来与沿革，然后便开始滔滔不绝地宣称，自己毕生的夙愿便是尽力设法将这一传统的乡间竞技推广到全国，时不时一副开场白的腔调。

"我虽是一介无名的演出商，但唯独斗牛大会这件事，不想把它当成演出生意去操作。金山银山，可以用其他方式赚到。这三十年来，我承办了不少的乡间戏剧和浪花节，在四国到处奔波。说起来，也是因为心里一直有个梦想，就是有朝一日将伊予的斗牛搬到东京或大阪的大舞台上。"

才刚说完不想把斗牛大会当成生意，田代又开始反复强调没有比这个更稳当的赚钱路子了。

津上任凭田代在眼前装模作样地夸夸其谈。他嘴上叼着烟斗，视线落在了小小庭院一角的山茶花上，目光冷漠，无动于衷。津上每天都要同这路人打交道。这种时候，津上总是一边漫不经心地听着对方说话，一边深深地沉浸在毫不相干的思绪中——多数情况下，那是一种极为孤独的思绪。对于说话者来说，这仿佛拳拳打在棉花上一般，不见任何反响。然而，津上只是偶尔简单地应酬上一两句，却又正好合了自己心意的时候,说话者便陷入了一种奇特的错觉,以为津上在认真倾听。

于是,津上越来越不动声色,田代越来越口若悬河。

"说到斗牛,不了解的人很容易觉得它庸俗低劣,其实绝对不是这样的。这种偏见是因为当地人自古以来就在斗牛的输赢上下赌注——"

就在田代说出这句话的那一瞬间,津上条件反射般地问道:"下赌注?"

田代说,W市一年举行三次斗牛大会,即使是现在,几乎所有的观众都会在斗牛赛事上押注。此前,津上一直对田代的话不甚关心。但田代的这番说明以一种奇特而曲折的方式突然冲进了津上心里,一帧电影镜头般的画面瞬间极为自然地浮现在了他的脑海里:阪神球场或香榭园般的现代化大看台,场地中央的竹围子里动物们正在搏斗着,看得入迷的观众,扩音器,成捆的钞票,涌动的人潮。那是一幅凝滞、冰冷,却又带着重量感的碳铅画。之后,田代又说了些什么,津上没怎么细听。"在斗牛上押注,这个有戏!"津上想道。斗牛大会即使是在阪神的都市里举行,估计情况跟W市一样,所有观众都会来赌一把。对于战后的日本人而言,要说有什么生存门路,或许就是这些事情吧。只要提供适当的下注对象,即便不作声势,人们也会聚集过来,赌上一把。在废墟包围着的球场上，几万名观众在斗牛上下赌注——这桩生意也许会赚钱。棒球和橄榄球赛事正逐渐复苏，但要恢复往年的热门程度，可能还要再等上两三年。现在最多也就是办一办斗牛大会的时代。作为报社的一项事业，举办阪神第一场斗牛大会，这绝对不坏。现阶段，它作为大阪新晚报的事业，恐怕也是再合适不过的了。

这一刻，津上的眼睛有些湿润，他的眼神于冷漠中带着一种执拗、热烈与放肆。咲子正是因为这个眼神而无法跟他一刀两断。

"我考虑一下，这件事或许值得一试。"

津上站起身，果断地说道，口气与之前截然不同。

过了半个小时左右，田代回去了。屋里一下子安静了下来。津上发现自己有些兴奋。每次要着手什么新计划时，他总有一个习惯，那就是坐在走廊的椅子上，默不作声，一动不动。这种时候，津上非常渴望一个人独处。

突然，咲子打破了房间里的沉默，开口说道：

"这像是你会热衷的工作。"

她坐在房间的角落里，姿势跟田代在场时一样，低头织着毛线活。她手中舞动的毛衣针发出冷冷的白色光芒。

"为什么？"

"为什么？我有一种直觉，你一定会非常热衷于操办这件事。你身上有那样的地方。"

接着,咲子抬起头,冷冷地看了津上一眼,说道:"那种流氓气质。"那语气分不出是责备还是叹息。

实际上,津上的性格中,的确有可以称得上是流氓的方面。

作为B报社最出色的社会部记者,津上在社会部副部长的位子上待了三年,几乎没有什么大过。这个职务十分棘手,不管什么人担任,都会栽跟头。他总是穿着笔挺的裤子,待人接物、处理公务都十分利索。精明强干,有时甚至让人觉得有些冷酷。不管是如何粗俗的事情,他都能巧妙地在版面上处理得非常漂亮。当然,既然居身于纷纷扰扰的新闻界,津上也难免树敌。有人说他用钱不当,有人说他装腔作势。还有人说他自私自利,或者穿着花里胡哨,像个文学青年等等。一方面,这些人的指责确实击中了要害。但与此同时,也正是津上的这些短处,在他的身边制造出了一种不同于以往的社会部记者的理性氛围。

战后,B报社为了整理庞大的冗余人员,推出了一个合理的方案,即创办印刷公司与大阪新晚报社,将大量员工分流至这两个旁系单位。当时,津上第一个被推举为大阪新晚报的总编。三十七岁的年龄,似乎与总编的头衔有些不相称。但是,当时诸多晚报陆续创刊,要想在群雄争霸中获胜，主编必须具备打造全新版面的才能。在这一点上，除了津上，别无其他人选。此外，担任社长一职的尾本出身电影界，虽然胆色出众，但在报社业务方面完全是个门外汉。因此，在他手下，必须配备一个不仅能够发挥编辑的才华，而且在经营方面能够成为报社的核心，谨慎无误、踏实稳当的人物。在这些方面，津上以往在B报社给人留下的万事无过、办事周到的印象，起到了重要的作用。

就任大阪新晚报主编一职后，津上首先大胆地采用了横排的新型版面，将读者明确地锁定为城市里的知识分子与公司职员，以文化性与娱乐性为卖点，在报道的撰写、取材、编排等方面，着力突出讽刺、诙谐与机智。津上对新晚报未来走向的把握，可以说是较为准确的。《大阪新晚报》作为别具一格的晚报，得到了京阪神地区的公司职员和学生们的青睐，街头贩卖也是率先被抢购一空。对战争期间看惯了低俗报刊的人们而言，《大阪新晚报》确实令人耳目一新。有一个战后重返京都某大学法学院的年轻教授曾经在大学学报的短评栏目中评论道："《大阪新晚报》是知识分子和流氓的报纸。"这句话也许在某种程度上说中了。确实，如果是富有感受性的诗人，应该就能发现这份颇受都市年轻知识分子欢迎的晚报中，隐藏着一种草率、空虚、孤独的影子。这也正是《大阪新晚报》的编辑负责人津上深藏不露的性格。

而最为透彻地看穿了这一点的人，正是咲子。从战争期间开始至今三年多来，她和津上时而同居，时而分离，直到今天依然不时吵吵着分手，最终却还是维持着已然陷入僵局的关系。

"谁都不知道你这种狡猾、堕落的流氓面目，只有我，我一个人清楚。"

心情好的时候，咲子总是把这话挂在嘴边。每当这种时候，咲子总是两眼发亮，仿佛那就是自己对津上的爱情的见证似的。可是，换个时候，完全相同的一句话，却变成了对情人的冰冷指责。

津上家里有妻子和两个孩子，战争期间安顿在家乡鸟取县，一直没有接回来。咲子的丈夫是津上的大学同窗，战死之后，遗骨尚未还乡。两人之间的情人关系始于战争期间，战后依然纠缠不休。直到今天，原本对桃色事件十分敏感的报社同事仍然丝毫没有察觉。有时候，咲子觉得这也是津上的狡猾之处。

丈夫战死的内部通报大概过了一年以后，咲子跟津上有了更进一步的关系。那时候，咲子不时去津上的住处拜访，跟他商量自己未来的前途生计。那是一个夏天的傍晚。津上恰好前一脚从报社回到家里。咲子对这里已经熟门熟路，她直接来到了走廊。只见津上还是从外面回到家里时的那副打扮，他将帽子推到后脑勺，十分疲惫地倒在藤椅上，啜舔着威士忌酒杯，一副意兴阑珊的样子。

在看到咲子的那一瞬间，津上立刻笔直地站起身来，整理好凌乱的西服上衣，恢复成平日里庄重的样子。咲子顿时感到一种忘却已久的热血在体内沸腾起来。满身疲惫，心力交瘁的津上显得十分孤独，同时还有一股奇妙地刺激咲子感官的风致。即使在两人有了关系之后，每当回想起这一刻，咲子依然觉得还是喜欢这样的津上——孤独的灵魂腐蚀之后闪烁着磷光。她喜欢这个不为人知的津上。

津上的爱情并未彻底燃烧起来，总是带着燃不透的火芯。即便整个身子投入津上的怀抱之中，咲子依然感到两人之间有着难以填补的距离。津上的眼里总是流露出一种无法从三十岁的咲子年轻的心灵与肉体得到满足的神情。那不是情人的眼神，但也并非视咲子如弃履的眼神。那是一种局外人般刻意保持距离以静观其变，令人片刻都难以忍受的冰冷的眼神。

津上对自己这颗冷漠的心似乎也是倍感无奈。每当咲子触碰到这颗心的时候，脑海里便会浮现出"恶人"二字。可是，恶人那双无情的眼睛，有时也会流露出想沉湎一醉的神色。咲子对此十分清楚。正是因为那双眼睛总是带着一种桀骜不驯的忧伤，所以咲子才会如此深爱着津上。然而，当她知道终究无法让那双眼睛陷入沉醉时，她的爱便时常化为一种闪烁着悲伤的憎恨。

面对演出商田代投下的斗牛大会的诱饵，津上之所以会顺着诱导慢慢上钩，与其说是出于一个新闻记者的直觉，不如说是无法陷入陶醉的津上自不量力地想要尝试陶醉的叛逆行为。用咲子的话来说，那就是津上不为人知的"流氓"本性。

在田代跟津上提出斗牛大会一事的第二天，在大阪新晚报社里，众人召开了干部会议。报社坐落于四桥，由一栋战争中烧毁的大楼整修而成。除了津上之外，社长尾本、整理部部长K、报道部部长S，还有田代一起参加了会议。社长尾本率先对举办斗牛大会一事表示赞成。

"这事有意思！总之，本报社主办，W市与斗牛协会做后援，就按照这个方式去运作吧。一天以五万元计算，三天就能进账十五万元。要像引进了西班牙斗牛似的，办得声势浩大！"

胖得像头虚弱的斗牛似的尾本扯着嗓门大声嚷嚷道，这是他心情愉快时的习惯。从乡下小镇的电影院老板起步，尾本全凭自己的本事才有了今天的地位。正因为他是这样一个男人，所以张罗起事业有胆有谋，一切都以他一流的直觉来定夺。既然尾本跟津上点头支持，别人也就无从反对这个计划了。相关事宜即刻决定了下来：将每年一月一日在W市S神社举行的斗牛大会转移到阪神来，在以现代化大型体育场馆闻名的两大球场中择一举行。发动W市与斗牛协会，争取获得他们名副其实的支持。大会避开户外体育运动的高峰期，定在一月下旬举行三天。筹备所需的总支出与未来进账的总收益，二者之间的差额由报社和梅若演出公司平摊。换句话说，收益和亏损由报社和田代各自承担一半。不过，梅若演出公司的参与不对外公开，斗牛大会名义上由大阪新晚报独家举办。大会结束后进行决算，在此之前，田代负责支付斗牛的租金以及把斗牛运到球场的费用，斗牛到达球场之后的场地布置、筹备、宣传等开销则由报社承担。以上这些就是合同的主要条款。当天晚上，尾本和津上在京都的高级料理店宴请了田代。第二天晚上，田代邀请报社的几位骨干到大阪黑市的一家牛肉火锅店喝了个痛快。

"也不是特地要讨个吉利，咱们接下去要靠牛赚钱，虽说有些俗气，还是请大家吃顿牛肉火锅。"

田代满脸喜色，十分高兴。酒酣耳热之余，他说道："等牛到了神户，一下车，就给它们披上最华丽的盖布，让它们从神户慢慢走到西宫。第二天在大阪再弄个斗牛游行，索性好好热闹热闹！"田代用手掌来回地摩挲着油乎乎的脸庞，哈着腰给尾本和津上斟酒。这一刻，在津上眼里，田代的表情就像个孩子似的。

田代去厕所的时候，刚才还醉态醺醺，跟着众人一起闹腾的尾本，突然正声说道："问题是门票票款到手之前垫付的那笔钱，以我的估算，大概得要个一百万。"

"是啊，得预估那个数。"

"怎么办？"

"总会解决的。"

"行得通么？"

"所有宣传可以跟晚报的广告捆绑在一起。场地租金方面，尽量通过交涉，等大会结束后再结算。不过，建竞技场和牛舍的钱需要二三十万吧。"

"一口气可拿不出二三十万啊！"

"好了，这事就交给我吧。"

津上也没有什么明确的方案，只是万一出现差错，可以先将门票预售出去筹措资金。眼下，对津上来说，比起这个，让他倍感兴趣的是田代所说的二十多头斗牛沿街大游行一事。不仅可以写成报道，还能拍成照片，至少会成为大街小巷的热门话题。津上将日本酒和威士忌混着喝下后，微微觉得有些头疼。他十分重视这个提议，在脑海里反复描绘着斗牛队伍沿街游行的奇特画面。

第二天，津上迅速在报社内部成立了斗牛大会筹备委员会。他将不擅长写报道但在谈判方面才干出众的T、缺乏执行力但善于出谋划策的M，此外还有几个新闻报道部的年轻人任命为了委员。

距离预定于一月下旬召开的大会，只剩下两个月时间了。不管再怎么迟，通告必须在大会召开前的一个月，也就是十二月中旬发出。在此之前，一切事宜必须准备到位。场地问题先留待后期处理。在田代返回四国后，过了两三天，津上便紧跟着带上了年轻记者T奔W市而去。到了之后，发现田代已经把同当地和协会交涉的事情都办理妥当了。一头斗牛两万元的租金谈好了，二十二头出场的斗牛也挑好了，津上他们不用干一点活儿。不知道田代是如何宣传的，协会方面自不待言，连斗牛的饲主们也都热情洋溢，像是对待救世主般地迎接津上他们。

斗牛的饲主们都是当地的有钱人。攒钱养一头斗牛，似乎是所有当地人共同的人生梦想。如果是其他地方，人们可能把钱花在建仓库上。可自古以来，这方土地上的人们都饲养只供比赛用的庞然大物——斗牛。这次，斗牛协会的副会长后宫茂三郎也有自家的斗牛出场参赛。津上他们便住在这位老人的家里。后宫年过七十，是这一带首屈一指的富豪，对斗牛的爱好几近狂热，乍一看像个古风武士般矍铄。他对斗牛的痴迷源自父辈。他的父亲是个斗牛狂，据说临终之前，留下了遗言：

"这辈子，我有钱，有房子，没有什么挂心的事情了。唯一遗憾的是，家里的牛总是输给田村牛，你们一定要给我报仇！"

说完便咽了气。这事成了一桩逸闻，比说书还要精彩几分。虽然当家人后宫茂三郎当时年纪尚小，但毫无疑问，他后来继承了父亲的遗志，竭尽全力地培养斗牛。在他父亲死后的第三年四月举行的斗牛大会上，后宫精心培养的爱牛终于让田村牛丧命赛场。他把父亲的牌位绑在爱牛的背上，在W市的街头巷尾四处游行。在迎接津上一行到来的第一个晚上，后宫老人像是接待县知事一般，身着外褂裙裤①，正襟危坐，时断时续地讲起了这些事情。也有旅途劳累的缘故，津上听着觉得十分沉闷。不只是后宫老人，面对着这方土地上人们对于斗牛超乎寻常的滚烫热情，津上的心不知为何无法与之共鸣。每天清晨，从客厅的走廊一眼望去，南国大海特有的轮廓分明的朵朵碧浪便映入眼帘。此刻，津上出神地凝望着那边，心里似乎正在忍耐着什么似的。

津上一行逗留期间，田代一直忙上忙下。他带津上他们去参观了每年一月举行斗牛大会的S神社，一间一间地走访

---

①日本男性在正式场合穿着的传统礼服。

了分散在W市近郊的主要牛舍。回程时，他还特意绕了远路，从一栋用乡下比较罕见的石墙围起来的大宅子门前经过，说那是他哥哥的家。田代总是穿着厚重的皮大衣，鼻尖上渗着汗珠，步履匆匆。而且，几乎每天晚上都有宴会，田代总是先来一场致辞，将津上和记者T称为"先生"，有时甚至来上一句"我们报社"，那样子俨然自己是新晚报的一员似的。

回到大阪之后，津上便立刻投入到下一阶段的工作中去。这边跟W市的情况不同，意想不到的障碍接二连三地出现了。首先在关键的场地问题上遇到了麻烦。出于斗牛大会日程安排的关系，在阪神的两个大型体育场中，只能选择阪神球场。本来已经谈妥了从一月二十日开始借用三天，但就在交换合同的前一刻，对方却发起了牢骚。根据经营阪神球场的浪速电铁公司的说辞，阪神球场与老对手——另一家电铁公司经营的体育馆相比，不怎么适合举行棒球比赛，这已经是一种定论。战后，为了正名，浪速电铁公司在整修场地方面尽了全力。如今居然要在球场中胡乱地打下木桩，围起竹栅栏，让斗牛们把场地踩踏得乱七八糟，实在令人难以容忍！这说法的确无可厚非。经过数次态度强硬的交涉后，租借球场的事情总算是谈成了。正想松一口气的时候，由于场地外借而被迫停止活动的职业棒球队又开始诉起苦来。于是动用了两三个头面人物，好歹把问题解决了，但却花了一笔意料之外的大钱。此外，还有一件令人头疼的事情——县保安课不肯发放演出许可证。据说是因为日本不曾有过举办斗牛演出大会的先例，所以不知如何处置为好，十分棘手。发了电报，把田代从四国叫了过来，一问才知道，原来即便在斗牛大会的老本营爱媛县，以往也不曾有过把斗牛大会批准为演出的先例。社长尾本和津上都出动了，几番争吵，最终还是未能顺利解决。田代那边也是在四国和大阪之间来来回回跑了三趟，四处游说爱媛县的头面人物，从老家开始一步步地活动。就在这一切努力都宣告失败之后，擅长强势谈判的天才——记者T接手了工作。他跑了几趟县政府后，提交了一份保证书，表示一旦发生事故，便即刻终止赛事，好歹总算让保安课长点头同意了。这是两三天前刚刚发生的事情。之前，津上曾经一度断念，以为举办斗牛大会的公告将无缘成为铅字了。如今那份公告经由整理部年轻人之手，配上了一张两头牛犄角对峙的照片，夹在当天教师罢课和社会党内讧的两大新闻之间，设计成惹眼的围框新闻后问世了。不论尾本还是津上，都觉得斗牛大会现如今已然是一只离了手的猎犬。

在那条从废墟中央穿过的路上，田代时而顺风时而逆风，往前走了大概200米。到了一栋半倒塌的大楼前，他突然停下了脚步，右手轻轻向上一抬跟津上示意后，便钻进了敞开着的通往地下室的楼梯口。一不留神，便从眼皮底下消失了似的。

或许因为田代动作夸张，他倏地就从地面上不见了，身影消失得十分突兀。津上也跟在田代后面，沿着微暗的台阶，一步步地往下走。那楼道狭窄得仅能容一个人通过。一直下到曲折的楼梯的尽头，他意外地发现里面十分宽敞，电灯照得四周一片明亮。日式中庭舒适宜人，正中间种有花木，摆着灯笼。中庭周围是四间整洁的小客厅，各自独立，尚未竣工。其中一间或许是准备当做酒吧间使用吧，角落里堆着窄靠背的高椅和涂着绿漆的啤酒桶。在那前面，有四个男人正忙着安装洗手间的瓷砖洗脸台，一会儿横着摆，一会儿竖着搁。

走到尽头，迎面是一个小房间，只有这里完工了九成。冈部弥太身穿国民服，外面披着一件棉袍，身前摆着一瓶已经空了一半的威士忌，正坐在被炉边上取暖。

"哎呀，欢迎欢迎。"

津上正要坐下，冈部脱了棉袍，大大方方地行了个礼。冈部身材矮小，一说话，那张小小的脸上便布满了皱纹，整体上给人一种寒酸的印象。但他那带着几分谦和的举止，反而透出了一种目中无人的傲慢。

"正等着您呢，津上先生！"

津上盯着冈部动个不停的薄嘴唇，对他那副一不留神就要拍人肩膀的样子，产生了一丝反感。津上照例递上了名片，态度甚至比平常更为生硬。

于是，冈部也从口袋掏出了名片夹，摸索一番后，拍了拍手，叫来了一个乍看上去像是秘书的年轻男子。

"写张名片给这位先生，把公司的电话号码也带上。"

说着，他把笔记本和钢笔递给了对方。然后，拿起了津上的名片，给田代看了一下。田代解释说，名片上印着的头衔是报社的总编。听完之后，冈部一声不吭，深深地点了几下头。津上再次打量了一下眼前这个普普通通的小个子男人，他身上似乎有种胆大妄为的东西。如果津上没有看走眼的话，这个田代称之为"伊予同乡中如今最风光的"的男人目不识丁，不会读写。

酒和菜都端上来了。冈部一副毫不拘束的样子，颇为世故地说个不停。

"实际上，我打算今后就在这里吃喝玩乐了。日本人已经很久没尝到什么美食了，所以我想开一家餐厅，人们来这里可以吃上最美味的东西。等到哪天开业时，我把三个来自别府、高知、秋田的一流厨师介绍给你。"

在冈部面前，田代拘谨得有些可笑。体格壮硕的田代已经全然被这位个子矮小、堪堪五尺的冈部给压倒了。今天他特意将津上引见给冈部，原本有要事相商。可他现在无心提及，时而接过端上来的菜品摆在桌上，时而小心地拿起瓶子往冈部和津上的杯子里倒酒。要不然，则是规规矩矩地坐在一边，一副要将两人的谈话一字不漏地悉心听进去的样子。

冈部究竟要说些什么呢？津上一半带着好奇的心理等着那一刻的到来。虽然不胜酒力，但他还是把别人给斟上的酒往嘴里送。这会儿，刊登有斗牛大会通告的报纸差不多应该开始在街头派送了。

"公司的事情忙么？"津上问道。

"挺闲的，不忙。虽然手里有五六个公司，但我可以说是老闲着。如果老板忙个不停，那公司可就不妙了。我这样每天喝喝酒就行了。"

冈部似乎很是擅长说些让对方出乎意料的话，自己也一副满足的样子。比起了解初相识的津上之为人，眼下占据了他更多心思的是如何表现自己。

"不，不是开玩笑。不喝上两口酒，人的脑瓜子里的智慧，哪有什么可期待的？清醒状态下挤出来的智慧，那都是有限公司。"

也许是在津上他们到来之前，一个人喝了威士忌的缘故，只见冈部一双小眼睛不时目光灼灼，毫不客气地直盯着津上的眼睛看。他一边说着话，手却始终不离威士忌杯子。有时接连好几杯黄色酒液倒入口中，刚见他含在嘴里，转眼间便不动声色地吞下去了。

"今天，津上先生和田代君，都来听一听我的经历吧。"

"是，是，我早就想听您说一说了。大冈部是怎么起步的呢？"

田代一副卑躬屈膝的样子，让津上十分不快。田代想给冈部倒上威士忌，只见冈部把杯子往桌上一放，一脸目中无人的样子，闭上了那双小眼睛。过了一会儿，他又睁开了眼睛，说道："是大冈部，还是小冈部，我不知道。但我的公司，不管哪一个都是战后成立的。我想说那是靠着一代人的力量弄起来的，可实际上只花了一年时间。仅仅一年时间呐！所以这世上的事情，有意思得很！"接着，冈部嘶哑着嗓子大声地笑了起来。

停战那一年的十月，也就是大概一年前，冈部从东南亚复员回来。应征入伍时，他三十八岁。等到返乡，已经四十二岁了。他没有妻子儿女。从十年前有过交往的女人那里借了三千元之后，他离开伊予老家，投奔一个开卡车的战友，来到了神户。在神户晃荡了半个月，他盯上了贩卖农业机械的生意。

在得知尼崎的曙光工业研制出了配有电动马达的新式脱粒机之后，冈部就打算想方设法搞到大批产品，然后通过贩卖这个，将流入农村的大量资金收入囊中。于是，他先去曙光工业跟干部们当面洽谈。当时，他递给对方的名片上，印着"曙光产业股份有限公司理事"的头衔。当然，那名片是他两三天前在大阪百货商店印制的，纯属瞎编。不过，这个小计谋立了大功。"贵公司也叫曙光么？"也许是出于同名公司的情谊吧，对方一开始就格外友善，说好了第二天之内交付一百台脱粒机。货款的话，第二天之内付清即可，一手交钱一手交货。从常见的交易惯例来看，这是少有的带着善意的合同。剩下的问题，是筹措那笔收货时必须交给对方的三十万元。

"你们想想看，这三十万元是怎么弄到的？我是从一个素不相识的男人那里借来的。"

这一刻，冈部短短的话语中，带着一种奇妙的强调语气，引人注意。他选中了同乡、前国会议员山本。这位靠军需生意发财暴富，冈部准备无论如何都要从他那里借到三十万元。他离开曙光工业之后，便直接奔向御影，前去山本家拜访。连吓带哄，又以同乡情分为托词，跟山本提出要借款三十万元。可是，对方原本就不可能理睬他。当天，冈部登门拜访了三次。第三次，他坐在了门前的水泥地上。突然，他脑中灵感·现，想到了一个主意：如果加入三十万元的生命保险，然后将保单作为抵押，就可以……

于是，他立刻赶到了在废墟中临时营业的淀屋桥N生命保险公司。然而，时间已是傍晚，保险公司下班关门了。无奈之余，他只好请值班的工作人员帮忙找出了保险课长家的地址，然后直奔位于吹田的课长家里，申请三十万元的生命保险。可是，课长说今天办不了，请冈部明天到公司处理。如果等到明天再处理，冈部就麻烦了。他一番胡搅蛮缠，勉为其难地迫使对方屈服了。总之，当晚，他花了三千元，换来一份三十万元的生命保险单。然后他揣着合同，赶上最后一班电车，再次登门拜访山本。他逼问山本道："我拿自己的生命抵押，三十万还是不能借吗？"

"这招奏效了！其实，细想一下，保险单什么的，一文不值！但是，这正是人的有趣之处。对方认为我在赌命。他说：'行！既然如此有决心，那就借给你一个月吧'可以说，这就是我现在的事业的起点。"

冈部讲上这么一段可以说是江湖老千般的过往，究竟意在何为，津上并不清楚。不过，听起来倒是并不无聊。冈部的语气中带着一种近似于热情的自我陶醉。

"真有意思。"津上说道，这话也并非只是一种恭维。

"总之，我大致就是这么个人。不过，如今手上钱倒是有一两千万。津上先生,你们报社张罗的斗牛大会,能让我入个伙不?"

津上猝不及防,眼睛不由得跟冈部对上了。冈部先是挪开了视线,慢慢点上了一支烟后,又朝着津上转过脸去。这次,冈部的目光咄咄逼人,带着一种执拗。

"如果共同出资买牛,报社觉得不方便的话,这边掏钱全部买下。斗牛的运费、大会的筹备费用,跟牛相关的一切事情,这边都可以操办。这笔生意,你们不用出一分本钱,只管赚钱就是了。"

——冈部的语气虽然平静,但有一种不容多言的意味。

"可是,那样有些不好办。"

让对方把想说的话尽数说完之后,津上说道。尽管冈部这个人有点令人感到不安,但从报社的角度来看,答应他的要求,并非一个吃亏的交易。然而,津上对冈部此刻瞄着自己的那对充满自信的小眼睛感到厌恶。一种似乎要一决高低般的兴奋,让津上脸色有些发白,意气昂然。

"哎,这是新晚报第一次张罗事业,还是让我们自己单干吧。"

冈部手里端着酒杯,一边客气地点着头,一边仔细地听津上回答。等津上说完,冈部便淡淡地结束了话题:"是么?我明白了。虽然觉得遗憾,但也没有办法。"这着实令人有些意外。接着,他像是调整心情似的,一边往津上的杯子里倒威士忌,一边说道:"不,你这个人对我的脾气,合我心意啊!这是你打定主意要做的事情,的确应该靠你自己去做。被你拒绝,我心里痛快!"

津上摸不清这话究竟有几分是真心实意,冈部看上去倒是心情不错的样子。

地下室里开着灯,让人有一种夜晚的感觉。当津上一行走出地下室时,只见冬日的夜幕即将笼罩废墟四周。

"为什么拒绝呢?不可惜么?"

从背后追上来的田代问道。

"是挺可惜的。"

即使田代不说,津上也是那么想的。两人默默无语地竖起大衣领子,肩并肩地走着。当两人为了躲开身后驶来的卡车,面对面地站在路边时,田代开口道:

"其实,发生了一个棘手的事情,我还没跟你说。"

田代说,运送二十二头斗牛,一共需要八节车皮。可是现在每天从W市发出的车皮只有两节。这样的话,斗牛大会可就泡汤了。于是,跟广岛铁路局交涉,希望能够额外增挂车皮,但一直不见进展。一个是因为眼下正是煤炭运输的淡季,最关键的问题则是缺少可以增挂的备用车皮。津上默默地往前走去,心里如同目睹又一波白色的巨浪汹涌而来似的。

"眼下这种情况吧，"田代说道，"因为生意关系，冈部在这方面认识的人多，请他出面说一说，让铁路局给想点辙，我想只有这个解决办法了……"

津上心里一惊，停下脚步，朝田代投去了严厉的目光：

"你已经跟他说好了吧？"

田代觍着脸，微微一笑道："是个了不得的人呐！虽然斗牛大会的事情被你拒绝了，但他说一码归一码，这个事要助上一臂之力。"

津上并不想劳烦冈部的大驾，但他也感觉到了，那个目空一切的小个子男人，不知不觉中已经顺顺当当地插进斗牛大会的生意中来了。看来，应该是田代跟冈部说起了车皮的事情，而冈部则提出了方才那个买牛的事情作为交换条件。

新年之后，咲子一直没有见到津上。从年末到正月，津上甚至取消了回鸟取乡下探亲一事，几乎每天都住在报社，为斗牛大会的筹备工作而奔忙。尽管如此，津上还是同意了咲子的要求——年三十的夜里，一起聆听除夕的钟声。两人在从前住过的京都冈崎的一家旅馆度过了一夜。那里十分安静，坐在房间里，可以听见渠水潺潺流动的声音。

刮了两三天的风停了，这是一个星光璀璨的除夕夜。一到十二点，散落在京都四处的各大寺院，顿时响起了久违多年的当当钟声。在这之前，津上挨着小桌子，一边品尝着带来的威士忌，一边在崭新的袖珍笔记本上，仔细地记录着二十日斗牛大会举行前的日程安排。钟声响起时，他放下了笔，侧耳聆听。咲子就坐在他的身旁。钟声以一定的间隔，自或远或近的寺院传出。一声声余韵悠长，重叠交织，相互碰撞，彼此共鸣，在深夜寒冷的空气中，如同一道道水脉绵延而去。

两人默默地坐了许久。咲子跟津上交往以来，从未经历过如此恬静的时光。这个男人离开工作之后，像是附体的邪魔退散了似的。在咲子眼里，那张脸显得格外纯朴。"哎，他真是一副怪可怜的样子呐！"咲子想道。突然，一种既非憎恶也非爱意的情感，如潮水一般涌上她的心头——这个人终究无法没有她。那种情感十分纯粹，与爱欲相去甚远。钟声绵绵不绝地响着，一声又一声。

当一百零八下的钟声响过一半时，津上起身打开了窗户。他站在窗边，看了窗外一会儿。咲子也起身走了过去，依偎在他身旁。窗外，夜色幽深，令人悚然，只有钟声掠过。在繁茂的树木遮蔽下，望不见一点街上的灯火。突然，咲子感受到了一种强烈的不安。两人俨然一对情侣，静静地依偎着，聆听辞旧的钟声，这让咲子萌生出一种不祥的预感：两人共度这样一个夜晚，莫非是因为两人即将劳燕分飞？

咲子离开津上，走到房间角落里朱红色的梳妆台前坐下。她心里依然无法平静。从二十岁到三十岁，对于女人而言是最为宝贵的年华，而咲子却是满怀苦楚地跟着津上度过了三年时光。她脸色苍白，像一只狐狸似的，从镜子中死死地盯着自己。

今年的正月头几天，天气十分暖和，历年少见。加上有点感冒，咲子这几天便一直闷在公寓里。初三过后，《大阪新晚报》上，关于斗牛的报道明显多了起来。刚刚报道了扮演《卡门》中的何塞的歌剧名角关于斗牛的见解，第二天又大幅刊载了知名体育爱好者F伯爵的斗牛漫谈。报纸附上照片，推介了一个专门雕塑斗牛的老雕塑家，以《专家所见》的哗众标题，刊登了拳坛新秀的斗牛论，还推出了名为《南予斗牛寻访记》的特约记者专门报道。

咲子对斗牛本身毫无兴趣，但她从每天的版面设计上，感受到了津上那冷漠中带着一种着魔般狂热的眼神。津上式的点子和方案，将他那神经质的嗜好、怪癖的行事风格如实地反映在了报纸上。邀请当地具有三十年驯牛经验的老人到现场做广播解说，日本新闻和世界新闻部门将把现场赛况录制成新闻影片，这些操作的宣传色彩浓厚，无非是斗牛大会召开前热身用的报道。咲子读着这些内容,津上在幕后或提议、或策划、或交涉,四处奔忙的身影便不时浮现在她的眼前。

一月八日,咲子想跟津上见上一面。一旦有了这个想法,便坐立不安。从明天开始,她必须去新斋桥的西服裁缝店上班。而且,除夕夜的那股不安,即便过了年直到今天,依然像个疙瘩一样留在她心里。

咲子往报社打了个电话,对方回答说,这两三天,津上去了定为斗牛大会赛场的阪神球场,每天都住在那边。津上曾经严肃地跟咲子叮嘱过,平日里无论发生什么事情,她都不要在自己的工作单位露面,但咲子还是去阪神球场找津上了。这是一个寒冷的下午,阳光微弱,似乎下一刻雪花便会飘落似的。她在西宫北口站下了电车。以往,她都是在电车上远远地望见这座圆形的现代化大体育场,但实地进入,今天还是第一次。走到空荡荡的毫无人气的通道尽头,往左一拐,便是一个船舱般狭小的办公室,与体育场的规模极不相称。

推开门,只见里面有四五个男人,分不清是报社职员还是来访者,正围坐在炭炉边抽着香烟。对面,津上竖着大衣领子,将桌上电话机的听筒贴近耳朵,正大声地在讲电话。当他看见咲子进门时,那带着责难的冰冷目光,无情地刺痛了咲子的心。长长的电话结束之后,津上便率先走出了房间。他沿着微暗的缓缓上升的Z字形水泥回廊往上走,建筑物里回响起他那不愉快的脚步声。他一直爬到第四层,在通往看台的出口处停了下来,等着咲子。

"到底有什么事?"等咲子走近时,津上才开口说道。他脸色苍白,非常憔悴,像平日里不开心时那样,目光凌厉地刺向了咲子,但一下子又挪开了。

"没事就不能来看你吗?"

咲子把半张脸埋在深蓝色的外套里,抬眸向上看着津上,尽量压低语调说道。倘不如此,说起话来,便不免会有些尖酸刻薄。这里是内场看台的最高层,俯首可见下方空无一人的宽阔看台上安装着粗陋的木椅子,以一种冷清的条纹模样,一层层缓缓地落向中央赛场。不知道是否因为这里是高处,寒风凛冽,午后淡淡的阳光让整个灰色的体育场显得荒凉粗粝。

"我很忙,不是跟你一再说过了么?"

"过了年,这是第一次见面吧!别那么一脸你来干什么的吓人样子!我,究竟是你的什么人?"

"打住,又是这些话——我真的很累!"

津上的语气十分严厉,毫无余地。他怄气似的叼着烟,任由寒风吹散头发。咲子也是一脸苍白,她抬头从正面看着津上的脸。两个人像决斗一般,面对面站在那里。津上发现了之后，便开口说道："坐下吧。"然后，自己先坐在了脚边的椅子上。咲子也并排坐了下来。

球场四周是一片冬日枯萎的田野，一望无际。战争期间，大阪神户地区的主要军工厂不约而同地疏散到阪神间的这块平原地带上来。放眼望去，如今那些建筑物不可思议地失去了重量感，如同纸屑一般四处散落在广袤的田野上。其中，有的像是遇难船只，众多的铁架朝空中伸去，有的则在地基一角堆着小山般的废铁。仔细一看，就会发现烟囱和电线杆多得可怕，杂乱无章。电线像蜘蛛网一样，纵横交错于平原之上。不时有郊区电车一如儿童玩具般，摇摇晃晃地穿行在那些工厂、树林、丘陵之间。遥望西北方向，可以看见六甲山脉。工业地带的猥杂与冬日大自然的严酷混为一体，视野广漠而荒凉。而上方则是低垂的沉沉云天。

咲子默默地眺望着这一片苍凉的景象，心里已经开始思量分别后自己的痛苦，尤其是今天又承受了津上的冷漠对待。直到这一刻，她才觉察到，自己是为了乞求津上施舍一点爱情，好让自己温暖一些，才特意跑到这里来的。哪怕是谎言也好，如果津上能说几句贴心的话，自己就会感到满足了。谎言也好，哪怕是残酷的虚情假意也好！咲子凝望着这个坐在自己身边，与自己内心的痛苦毫不相干的男人的侧脸，突然一股怒意又涌上了心头：他连哄骗一下自己都不肯！这让咲子用逼人还债似的冷漠口吻，心血来潮地提出了一件事，说是京都那边的朋友邀请她参加仁和寺的茶会，她想和津上两个人一起去。可是，津上一副说什么鬼话的表情，根本不加理睬。

"只要十四日一天。"

"不好办呐！"

"下午也行，就半天。"

"不行。斗牛大会结束之前，我绝对走不开的。"

接着，津上不悦地板起脸来，说道："总之，要我挂着'此女情夫'的招牌，恬不知耻地跑到偏远的仁和寺去，我绝对不干。"

"看来谈判破裂了。"

咲子嘶哑地说道。

"明知道会被你一脚踢开，还跑来说这样的话，我真是个傻子！"

"没有一脚踢开。"

"是么？你觉得这不是一脚踢开么？"

突然，咲子再也控制不了自己对这个冷酷的男人的满腔怒火：

"踢得再狠一点吧！我会从这儿咕噜咕噜滚下去的。一边滚一边好好看看，你会用哪副尊容看着我。"

之后，两人便都不说话了。激动的情绪褪去，该说的也已经都说了，咲子的心如同阴影笼罩下的水面，无可救药的悲哀正徐徐蔓延开来。在这种无可奈何的尴尬气氛中，两个人中必须有人先采取行动。

过了一会儿，津上说忽然想起来有急事要办，便下到办公室去了。可是，大概过了五分钟，他又匆匆忙忙地赶了回来，说是今天之内还有三四件事情必须办完，一直到斗牛大会召开，都是这种状态。"等大会结束之后，一起去纪州泡温泉吧。"他的语气与方才不同，带着几分安抚的味道。然后，他辩解似的说道："没一件事能省心，计划好的总是突然出娄子。"津上把场地中央画了白圈的地方指给咲子看，说是那里准备用竹栅栏围起一个直径为35米的竞技场，但就连这么点事也不能如期顺利展开。催促W市的斗牛协会尽快派人前来担任监工，结果人来了，竹子却迟迟未到。今天早上，竹子终于到了，关键的监工却从昨天开始因为感冒卧床不起。最近，各种杂事铺天盖地地朝津上砸来。方才咲子到的时候，津上在办公室打的那个电话，便是在交涉大会召开前一天，从中之岛公园放焰火的事情。这个事情之前已经得到批准了，不知道怎么回事，后来又不行了。据说这是战后第一场焰火，加上火药管制又有严格的规定，虽然大阪市也在尽力支持，但能否顺利争取到批文，还不敢保证。

"可是，就放焰火这件事，我轻易不会放弃。白天放上几十串鞭炮，可能的话，晚上再放一些漂亮的焰火。"

津上说道，他的焦虑如实地表现在脸上。

"那是很漂亮！大阪炸了个精光，在那黑漆漆的废墟上，啪地放上几朵'菊花'，的确会很漂亮！"

咲子本想着再也不开口了，但还是忍不住蹦出了一句嘲讽。她说完"菊花"之后，突然想到：这人莫不是想要放个斗牛形状的焰火吧！可是，当她看到津上那似乎真会考虑"斗牛"焰火般的认真表情时，不由得心中一惊。绚烂的焰火稍纵即逝，面对着焰火消失之后的茫茫黑夜，津上露出了那副只有自己熟悉的表情——透着一股寒意，这一幕浮现在了咲子的眼前。

接着，津上说，现在在办公室里等着会面的，是印刷厂、搬运公司、殡葬馆的人。不管哪一家，都是在费用方面纠缠不清。他们上门来商谈，最终还是得找个地方，请他们喝上一杯才能消停。据津上说，殡葬馆将政府配给殡葬业者用的汽油挪给报社，还将开动宣传车，为斗牛大会造势。届时，那些开到大阪和神户街头巷尾的宣传车，也离不开这家殡葬馆的协助。

"到时候，载着相声演员、歌舞女郎和留声机的宣传车，和开往火葬场的灵柩车，都是从同一家公司的同一个车库开出来的。又没有规定说这么做不行——"

津上一脸严肃地说着这些事情。咲子非常明白，津上因为工作疲惫不堪，十分焦灼。可是，另一方面，她也看得出来，尽管津上嘴上各种不快，但其中不乏一种他特有的陶醉：置身于这个混乱的年代，各种杂事层层包围下，难以逃脱，只得奋力拼搏。

咲子跟来的时候大不相同，她浑身冰凉，心力交瘁，一个人站在西宫北口寒冷的站台上等候开往大阪的电车。当她用围巾严严实实地裹住头，靠在车站的木栅栏上的时候，猛地想到，津上会不会就栽在这次斗牛大会的事情上。这个念头不知从何而来，如同闪电般掠过咲子的脑海。咲子不由得浑身发抖："啊，他会失败，他会失败！"一种确定无疑的强烈预感向她袭来。她怀着不知究竟是挚爱还是诅咒的心情，回想起了刚才分手时津上那萧瑟的背影。

离斗牛大会只剩下十天了。《大阪新晚报》开始在第一版面、第二版面大量刊载关于斗牛大会的报道。如果是大报纸，不会如此轻易地匀出版面，用于宣传自家举办的事业。而这一点恰好是小型报纸的便利之处。只要没有重大新闻，《大阪新晚报》便接连刊载斗牛大会的宣传文稿。社论的刊头用上了牛头图案，热门连载漫画中，斗牛也登场了。"津上那家伙开始办牛报了。"——终于，B报社一些说话刻薄的人对津上的议论也多次传入了他的耳朵，但津上和尾本社长都装作没听见，决心要把"牛报"一直办到大会举行那一天。报纸刚刚宣布了有奖征集斗牛大会会歌的结果，接着又发布了给二十二头上场的斗牛征集名字的公告。就在同一天，有个年轻记者提议说，虽然有些夸张，但是否可以考虑追加预测冠军牛的投票。"行！干吧！"津上立即采纳了。这种时候，津上总是嘴里叼着香烟，眼神乍一看像是放空了似的，但转眼间，几乎不假思索地迅速将是否采纳的意见大声抛给对方。津上的这种态度，让人觉得与其说他头脑清醒，不如说他有些古怪。离大会召开的时间临近，朝他蜂拥而至的杂事越来越多，他也随之变得越来越沉默寡言，越来越干劲十足。

另一方面，由年轻记者T带头，在报纸之外开展的广告宣传也开展得相当花哨。在梅田、难波、上六等交通枢纽以及地铁车站的各个要处都张贴了大型海报，上面画着两头正顶角对峙的斗牛，吸引路过的群众。各线郊区电车、公交车的车厢也一一挂上了同款图案的小张海报。而"斗牛大会会歌"在心斋桥的一家剧场里举行了公开发布会之后，每天由宣传车开着喇叭在临时棚屋区的街头巷尾不断播放。这种宣传车在大阪有三辆，神户有两辆，每辆车上都载着歌舞剧团的龙套女演员们，连日出动。

这些事情所耗的费用远远超过了预算，加上建造竞技场和牛舍的开销，对大阪新晚报来说，是个相当沉重的负担。会计首先叫苦连天，极力控制出差费、宴会费和杂费的支出，并且宣布停止工资预支。以前，为了缓解职员们零花钱短缺的问题，报社曾经半公开地认可工资预支。现在就连每个月十五日支付的夜间加班费，也推迟到月底发放。当夜间加班费延期支付的通知张贴在公告板上时，会计部长狠狠地警告了津上一句：

"津上，斗牛大会要是再超支，可就难办了！十五日发的夜班费，社里可是相当多人都指望着呐！"

离大会召开还剩三天的时候，津上接到了田代发来的电报："明晨六时斗牛抵达西宫。"二十二头斗牛的牛舍已经在西宫车站前的废墟上建好，饲主、驯牛人等一百多号相关人员的食宿也都各自安排在了西宫市内躲过轰炸的旅馆、饭店中。当天晚上，尾本和津上在梅田新道一家尾本经常光顾的酒吧一起喝威士忌。

"首先，不管怎样，斗牛要一头不少地全都运过来了。"

两人都是一副松了口气的表情。

"没错，要是货车途中有个闪失，事情可就砸了。话说，这回可真是花了血本了。"

尾本的话里流露出几分不满，但津上假装没听见，并未搭腔。

"如今做事业，花销是预算的五倍据说是常事。斗牛大会花到三倍，还算好吧。"

"应该不会再有大笔开销了吧？"

"可能没了吧。就算有，也总能想到办法。"

"你是个纯粹的新闻记者，所以才会这么说。十万二十万的，可不是那么轻易能动用的。"

"万一有什么闪失，社长，你不是财主一个么？"挖苦的话差点脱口而出。津上忍住之后，反而语气平静地说道："社长，五天后，一百万的新钞票就滚滚而来了。"

按照一天三万名观众计算，大会举办的三天期间，预计大概将有十万人的观众入场。竞技场边上的近场座五十元的票五千张，中场前排四十元的票两万张，剩下五万七千张三十元的票是中场后排以及外场座。票价总计三百三十万元，扣除一百万的开销，纯利润是二百三十万元。即便和田代对半分，也能到手一百多万。这是津上的如意算盘。

本来报社内外的人都认为，对社长尾本大而化之、自由任意的经营方针进行约束的是津上，但不知何时，两个人的位置颠倒过来了。对此最为清楚的，莫过于他们俩自己。津上清楚地看穿了尾本看似慢慢悠悠、大大咧咧的做派下，隐藏着精明细致的算计与谨小慎微。而尾本则凭借他多年积累的眼力，带着一丝不安，窥见到这个聪明通透的年轻记者一丝不苟、顽固挑剔的外表下，隐藏着一些令人难以置信的、痴人执念般的迷醉。

次日一早，津上搭乘第一班国营电车前往三宫车站。运送斗牛的货车比田代预计的时间提前了两个小时，凌晨四点已经抵达。一行人已经下车，待在车站一角。这是一个落霜如雪、寒气逼人的早上。二十二头斗牛每头都是七百多公斤的身量，庞大的身躯散发着热气，各自在驯牛人的照料下，被拴在车站的木栅栏上。行李房边上，一群人正在烧着篝火。田代好像很冷似的，把下巴埋在皮大衣里，从人群那里走了过来。"津上先生。"他一边兴高采烈地打着招呼，一边走近津上。

"怎么样，够气派吧！"

他朝斗牛那边扬了扬下巴："跟神户、大阪那边吃剩饭的牛，不在一个档次啊！"

田代把寒暄放在一边，双手插在口袋里，嘴上叼着香烟。今天的田代，活脱脱一个自鸣得意的演出商。

"路上够呛吧？"

"多亏包车，一路倒是轻轻松松地过来了。只是路途有些远，让人受不了。这里待一夜，那里住一宿，今天是第五天了。"田代说道，他的神情看上去并不像是吃不消的样子。接着，他马上开始确认工作的事情。

"这些先不说，斗牛游行的事都安排周全了吧？"

按照计划，斗牛队伍今早八点从三宫出发，在神户市内转一圈，然后回到西宫的宿舍。明天从西宫前往大阪，在大阪市内转一圈之后，再返回西宫。津上十分担心斗牛们在火车上长时间颠簸之后，身体状态是否适合游行，但田代却根本不以为意。

"这些家伙很久没有运动了，让它们走动走动反而更好。"

他抬头望了望天空，看了看天气，然后瞅了一眼手表，说先去站长那里打个招呼就回来。接着，他像是一个视察部队的长官似的，心满意足地朝对面走去。

津上四处走动，跟那些在W市时关照过他的、相熟的饲主们寒暄打招呼。这时，从W市一路跟车过来的报社记者N把他拉到一旁，说是有事情要告诉他。

"你看那边。"

N说完，别有意味地朝车站最西边的角落使了个眼色。只有那一处的木栅栏打开了，成了一个跟外部相通的出口。有四五个男人正在那里往卡车上装货。仔细一看，田代也夹在那些人里头，正站在卡车旁边指挥着。

"那些货物全是田代那家伙运来的，说是牛饲料。我们认为田代那家伙就是个十足的骗子。"

根据N的说法，田代在W市肆无忌惮地将大量来路不明的蒲包装上货车，宣称那些是牛饲料。因为数量实在庞大，他觉得奇怪，便拆开了其中的一包。一看，里面装着满满的干松鱼。又打开了另外一包，发现里面装的是黑砂糖，融化了之后直往外流。

"什么牛饲料，真是开玩笑！不知道其他还会跑出些什么玩意儿来。可是，不管怎样，田代对报社而言是个重要的合作伙伴，所以对他的所作所为，我们都装作没看见。不过，路过高松时，可真叫痛快啊！"

N说，途中不巧遇上纪州海域发生地震，到高松时，连接货车和渡船的铁轨脱节了，八节车皮中有一半必须把斗牛和货物都先卸下来，装到渡船上去。等到了宇野之后，再重新装到别的货车上去。当时，就连田代也慌了。他在高松奔波了整整一天，到了夜里，带来五六个男人，把他的所谓饲料从货车上卸下来，不知运到哪里去了。

"所以，现在往卡车上装的，应该是当时原封不动地跟着货车一起运过来的另一半物资。"

N看起来非常气愤，把田代说得一文不值。对于津上而言，虽然这种事情并非意料之外，但现在亲眼目睹之后，心中还是感到了不快。津上走到卡车旁边，拍了拍田代那件皮大衣的肩头，他正背着身子站在那里。田代转过身来，发现是津上之后，便噗嗤一声笑道："被你发现了?"

"发现啦，你这不是大张旗鼓地干得正欢快么!"

"这个，实在是……"田代含糊其辞地说着。然后，他突然正色道："其实，这都是冈部先生的货物。"

他这么一说，津上发现卡车的车身上果然印着四个白色的汉字"阪神工业"，那正是冈部的公司。田代说他无法拒绝。不管怎样，正常情况下无法调动的车皮，冈部出面之后，给弄来了八个，所以当冈部提出以捎上这批货作为酬谢时，田代无法说不。

"哎呀，你就睁一只眼闭一只眼吧。今后还有事情要请他帮忙呢。"

"我可不想劳他大驾，那种人……"

津上依然是刚才那副不快的样子。

"可是，津上先生，遗憾的是，今明两天如果不借他一臂之力，事情可就不好办了。那就是牛饲料的问题。"田代说道。

据说，在赛前两三天，必须给牛吃大量的大米和小麦。比赛当天，还必须给它们吃酒和鸡蛋。牛一共二十二头，不论是大米小麦,还是酒,合起来都不是小数目。田代原本打算在爱媛县争取以申请特殊配给的方式解决牛的饲料问题,但无论怎么努力,就是批不下来。更不用说连老百姓的粮食配给都叫苦连天的兵库县、大阪府,即使提出申请,也是毫无希望。如此一来,就只剩下去央求冈部一条路了。

"如果去找他,也就是二十头、三十头牛吃上两三天的饲料而已,对他来说不在话下。"

即使在跟津上说话的时候,田代也不时对装车工作指手画脚,发号施令。津上感到了一种不安,似乎不知不觉中,一根无形的绳索正在将自己层层束缚住似的。觉察到这一点之后,在津上眼里,田代一贯的厚颜无耻中,增加了一些事已至此、予取予求的张狂,令人十分不快。但是,不管怎样,牛饲料的问题不容忽视。

"那好,我去找冈部谈谈。"津上说道。

津上离开那里,回到了一行人聚集的地方。他发现报社相关人员已经到齐,四周一片热闹。摄影部记者跑来跑去,正在给斗牛们拍照。到了七点,斗牛们的市内游行启程。当斗牛们的背上披上了华丽的锦缎时,田代出现了。他不知何时把长裤换成了灯笼裤,脱去长大衣,穿上了齐腰的短外套,头上戴着一顶鸭舌帽。他今天跟在队伍的后面,坐在卡车上,指挥游行中的一切活动。

记者Y来到津上这里，说一直在四处找他。Y说，文字报道暂且不提，但照片如果再拖下去，只怕会来不及交稿，所以想问津上能否让游行队伍提前一个小时出发。津上让他去跟田代商量一下。

"今天的版面可不好办呐！负责整理的那帮家伙准会叫苦连天。"Y笑着说道。

"有了二·一大罢工和玺光尊事件这两个超头条新闻，还要把斗牛大游行给塞进去，加上特派记者的'斗牛随行记'也得见报啊！"

"好啦，再坚持个两三天，就当做没看见吧。"津上说道。

最近，许多重大新闻蜂拥而至，挤进原本就空间有限的版面。其他报社都尤其关注二·一大罢工的消息，这两三天的报道一直聚焦在这件事上。但津上对此视若无睹，强行以斗牛大会为中心编排版面。

Y看了一眼手表，说道："啊！已经七点了么！今天可真是累死了！"他点上一支烟，吐出一口白色的气息和烟雾，然后一溜小跑往田代那边去了。

不久，斗牛队伍的游行提前开始了。二十二头斗牛的前面都竖着印有各自名字的旗帜，左右各随一名驯牛人，彼此保持两米左右的距离，从车站出发了。在沿着车站栅栏的路上，看热闹的人群已经围起了人墙。津上目送着队伍离开。这时，跟抱着话筒、社旗的报社职员以及斗牛的饲主们一起坐在最后一辆卡车上的田代，在卡车即将开动的那一瞬间，以一个花哨的动作从车上跳下后，直奔津上跑来，说是忘了一件大事。

"帮忙弄个十万元左右，明天两点之前给我就行。"

他笑着说道，一副没什么大不了的样子。

"驯牛人的日工资，原本是等大会结束后，贵社再支付给他们。可这些家伙嚷嚷着要提前拿到手。麻烦您嘞！"

津上觉得有些头疼。但是，斗牛大会后天即将举行，报社作为主办方，不好说这点钱拿不出来。津上正犹豫着该如何回答，田代对此毫不在意，故作沉吟片刻："呃，要说的应该就这些了。"随即，轻轻地把手一扬："再见！"只见他转过身去，甩动着露在大衣领子外面的围巾，壮实的身子微微前倾，朝卡车那边跑去了。

津上独自回到了大阪的报社里。当他正沿着楼梯往上走时，迎面下楼而来的值班记者告诉他，有人两个小时之前就来社里拜访他，接着从口袋里拿出了一张名片。津上仔细一看，原来是东洋制药公司总经理三浦吉之辅。最近，报刊杂志自不用说，甚至从电车、公共汽车的车厢到街头巷尾，都刊登了东洋制药公司出品的"清凉"牌口香剂的广告。作为业界的新面孔,产品销售一路飘红。津上当然与三浦素昧平生,但他那彻底走广告路线的经营手段,常常在俱乐部成为话题。

"我告诉他,不知道您什么时候回到社里,他说要等到十二点整。"

津上来到二楼会客室,只见三浦一个人正坐在椅子上,膝上摊着一本《时代》之类的横向排版杂志,正在用红铅笔勾勾画画。他一看到津上,便立刻站了起来,口齿清晰地说道:"我是三浦。"他是一个三十上下的青年,留着长长的鬓角,红色的领带打着一个松松的大结。乍一看,有几分扭捏作态的电影副导演的样子,但他站起身时,有一种正面迎击对手的气魄,显得十分干脆利落。

"登门拜访,实际上是有事相求。怎么样?斗牛大会的入场券,不能打八折全部让给我们公司么?"

三浦无意落座,就那么站着,开门见山地跟津上说明了来意。津上一时间也不明白,这位突然出现的不速之客究竟意欲何为,他说道:"请坐下谈吧。"让对方坐下之后,津上在短短的时间里,从洁白的衣领到锃亮的鞋尖,迅速地打量了一下这位青年绅士在如今时局下极为高档的着装,而这身打扮也说明了他是如何彻底地用钱开路。接着,津上将视线移到了他的脸上。他有一双略显阴狠、野心勃勃的眼睛,那是他容貌中最具有特征的一面。那张脸上流露着教养良好的人所具备的毫不胆怯的开朗和直率，眼里有一种不仅仅缘于年轻的精悍。

津上迟迟不作回答，三浦像是有意给对方留出思考时间似的，十分从容地从口袋里掏出了烟盒，取出一根高级香烟，点上火之后，慢悠悠地吐出了紫色的烟雾。过了一会儿，他语气比方才更为平静地说道：

"你可能会认为这桩买卖，我的算盘打得太好了。但是，作为交换条件，我现在就可以把入场券全额支付给你。对贵报社来说，虽然票款损失两成，但未来不管刮风下雨还是打雷地震，你们这次的事业都算大功告成了。"

说到这里，三浦重新摆好双腿，注视着津上，像是在等他对自己的话做出反应似的。当他看到津上依然无精打采地保持沉默时，便又补充道："把入场券全部买下，这是我们私下里的说法。台面上，还是贵报社在销售。"

"以八折价买下入场券，你打算拿它做什么呢？"

津上终于开口问道。

"想用来做宣传。"

"原来如此。"津上觉得自己面颊的肌肉莫名地紧绷起来。三浦的态度充满了自信，一副就等着他即刻回复的样子。对此，津上不由得感到了一种抵触。

"你准备采用什么样的宣传方法呢？我想先听一听，然后再做考虑。"

说完之后，津上才意识到，不知何时，自己的语气已经跟三浦如出一辙，都在罗列一些事务性的简短语句。而且，他还感到了几分焦急。根据三浦的说法，他想给那些八折购入的入场券一一搭配上一个"清凉"小袋再发售。也就是说，每个入场观看斗牛大会的人都将得到一个"清凉"口香剂赠品。一个"清凉"口香剂的售价是七元，观众不仅看了斗牛，还能得到一个价值七元的赠品，对于报社来说，并非一件坏事。

"花了八折的价钱买下入场券，再搭上七块钱的'赠品'，你是赔还是赚呢？"

"按照我的计算，应该是不赔也不赚吧。不管是赔还是赚，数目都不会大到哪里去。"

"要是不赔也不赚的话……"

津上盯着三浦，嘴边浮现出略带讥讽的笑意。

"归根到底，你们做了个不花一分钱的'清凉'口香剂广告啊！"

"是的。如果入场券一张不剩地全都卖了出去，那的确就是如此。不过，假如卖不出去的话——"

说到这里，三浦嗤笑一声："那亏的可就都在我们的账上了。这可以说是一场赌博吧。"

三浦只是在用打火机点烟时,低下了头。除此之外,始终昂头挺胸。对于报社而言,三浦的提议究竟是否合算,津上也摸不准。可是,如果这次的事业取得成功,三浦的提议则会让总票款三百三十万元中的两成,即六十六万元从一开始便打了水漂。这确实让人恼火,但八成的钱款将以预付的方式到账。早上田代要的十万元,津上眼下连这点钱都不知道该上哪儿去找。对他来说,三浦的提议显然极具魅力。然而,当他听到三浦挑衅似的抛出了那句"可以说是一场赌博"时,他就下定了决心。

"费心了,可我们不能接受这个提议。如果给每个观众都发一袋'清凉'口香剂,那样容易让人产生误会,觉得这次的斗牛大会是由贵公司出资举办的。"

"原来如此。"

不知道是否错觉,三浦的脸色瞬间变得煞白。见此情景,津上第一次在这个比自己年轻的青年面前有了几分从容,他像是施以援手一般说道:

"这样吧,虽然不能把全部入场券都让给你,但如果你一心求购的话,竞技场边上五十元一张的近场座共五千张,我们可以谈谈。"

"近场座么?那可不好办。"

也许是受到了津上态度的影响，三浦的口吻不像是遭到了拒绝，倒像是拒绝对方似的，十分傲慢。

"从广告效果来说，近场座的观众跟我的生意毫无缘分。即使你们把全部入场券转让给我们，我们也是从来都不把这些近场座的观众考虑在内的。"

按照三浦的说法，战争结束后，时代彻底发生了变化。以往，像口香剂这样可有可无的药品的主要顾客是中产阶级人士，如今他们已经全面没落，只能坐到三等席那边去了。而坐在竞技场边上的特等席位则被新兴劳动阶层所占据，他们对口香剂之类的东西毫无兴趣。

"怎么样？"三浦说道，"反正要让给我们一部分，那就把三等座都让给我们吧。"

"换成三等座的话，我们不好办呐！三等座的入场券，不用去操心它都能卖得一干二净。要说会剩下的，应该是特等席，我对这个比较担心。"

"是么？那就没什么商量的余地了。真是太遗憾了——"

三浦又考虑了一会儿，然后毅然决然地站了起来，再次直直地面朝津上说道：

"据气象台说，这几天之内，会下雨——"

津上打断了这个极为无礼的青年的话："我知道。对我们报社来说，这次的事业本来也就是一场赌博。"

"原来如此。"

三浦拿起帽子，脸上第一次直率地浮现出了"谈判到此结束"的微笑。这个年轻人的工作能力不容小觑。离开时，他不露半点卑怯，再次开口说道：

"明早九点，我再来拜访一次，可以吧？在此之前，希望您能重新考虑一下我的提议。"

"请便——。不过，我的想法恐怕不会改变。"

津上不知何时口气也变得强硬起来。当对方白刃直捅而来时，自己也不由得紧紧盯住自己的刀尖，丝毫不差地朝对方刺去。津上常常在兴奋冷却之后，无趣地回想着自己的这种性格，今天也不例外。送走三浦之后，莫名的悲哀与疲惫以及轻微的后悔，让他的心情变得沉重灰暗。眼下，即便不把所有的入场券都出让，只把其中的一半转给三浦，换成现金，或许是津上应该走的一步棋。"究竟是三浦身上的什么东西，让自己不愿迈出那一步呢？"津上想道。可是，不一会儿，这些关于三浦的迷离思绪便从他的脑海里消失了。一堆的工作在等着他。

津上在报社附近吃了顿简单的午餐。等他再次出现在编辑部，时间已经是下午一点，报纸即将定稿交付印刷。关于斗牛队伍的报道、照片都顺利送达，占去了清样三分之一的版面。游行队伍于三宫站前出发时拍下的照片，虽然摆弄得略显夸张，但后天斗牛大会即将开幕，版面安排得再花哨都不为过。社会部的年轻记者撰写的游行报道，笔调出人意料的圆润，兼具适度的诙谐与煽情，津上认为算是成功了。这些工作做到这样也就可以了，他想歇口气，便掏出了一根烟点上，琢磨着今天必须把十万元款项和牛的饲料问题解决掉。

下午三点钟，津上离开了报社，驱车前往冈部弥太位于尼崎的公司。离开国道，在靠近山脚的废墟一角上，坐落着冈部的公司"阪神工业"。这是一栋两层楼的木造建筑，规模比津上想象的要大一些。整个楼房刷着薄薄的浅蓝色油漆，墙面上风格大胆地开了许多窗户，装着大型玻璃，乍一看有点像是疗养院似的，十分明亮。经理办公室在一楼走廊的尽头，宽敞得有些奢侈。冈部弥太仰面坐着，身前是一张空荡荡的大办公桌。一看到津上，他便说了声："哟，来啦！"然后将转椅转了过来。房间的一角，煤炉正在燃烧，把整个房间弄得热烘烘的。虽说本来是阴天，但因为整个南面都做成了玻璃窗，户外的光线通过宽敞的玻璃直射进来，使得屋内几乎不见阴影，十分敞亮。在这样的光线下，比起去年年末在梅田新道微暗的地下室见面时，冈部显得苍老了许多。

他依然十分热情，立刻吩咐下人端来威士忌，说道：

"这个比茶好。总之，今天请一定好好坐会儿。"

然后硬是劝着津上喝了两三杯，自己也依然灌药般粗放地一连吞了五六杯。威士忌一下肚，冈部便眼看着变得饶舌起来。津上说斗牛大会后天即将开幕，今天难以久留。冈部毫无顾忌地笑了笑，说道：

"具体工作都交给下边的人去干吧。你要做的是出谋划策，发号施令，就这些。其他的事情，不用沾手。你瞧瞧我，整天就这么待着，什么也不干。这样就可以了。话虽如此，公司没有我也不行。我要是不在，这公司早就倒啦！"

"不过，报社的话——"津上刚说到这，冈部就打断了他：

"那就不同了吧。不过，事到如今，你如果还要自己四处奔波，可以说斗牛大会已经失败了，对吧？大胆一点，干脆把工作扔在一边，你就待在这里喝酒好了。"

冈部时常回顾自己走过的道路，讲述自己一路坚持过来的专断的处世信条，似乎沉浸在自我陶醉之中。

"好咧！那就奉陪啦！"

虽说现在并不是喝酒的时候，但津上还是那么说了，"不过，奉陪之前，事情得先解决掉……"

"什么事？——说吧！"

"急需大米和小麦各两石①,酒也同样要两石。"

津上说了一个远远超过实际所需的数量。虽说只见过两次面,但他想用这块探路石,试一试冈部这个难以捉摸的人的道行深浅,不论好坏。他对冈部会如何回答,或多或少有些兴趣。他先说明了一下这些东西的用途,然后说,如果可能的话,希望在明天中午之前,将货品运到阪神球场斗牛大会办公室来。

"哎呀,又是个厉害的客人呐!"冈部笑了笑,十分干脆地答应了,"行,乐意效劳!"

"钱的事情——"

"由阪神工业捐献吧,就当是给斗牛大会的贺礼!"

津上说那样不合适,还是请冈部说一下费用。冈部豪爽地笑了起来。

"不吃报社这一口,我冈部的公司也照样赚钱呐!好啦,接下去,我们就喝个痛快吧!不知道为什么,我就是中意你这个人。"

津上横下心来,端起了威士忌杯子。冈部巧舌如簧,说得天花乱坠。津上心中有数,但他很难想象眼前这个猛灌威士忌、兴致高涨的小个子男人,曾经擅自往运牛的货车车厢里偷塞黑市物资,手段阴险,雁过拔毛。

---

①容量单位,1石大约是180.5公斤。

冈部叫来一个女职员,让她送奶酪过来。另外,又吩咐准备晚餐,送到经理室来。两个人边喝边谈,过了大概两个小时。话虽如此,开口的基本都是冈部,津上一边听他说,一边想着斗牛的事情。冈部说完了生意说政治,接着又转向宗教和女人……随兴而谈,口若悬河。他的见解和评论有一种不可思议的耀眼的魅力,显得非同一般。但这仅仅局限于他自己高谈阔论时。在津上听来,其中大部分都是些俗不可耐的老生常谈。当冈部开始口舌不清的时候,津上使出了新闻记者的惯用手法,转换了话题。

"大米和小麦各两石,这不是个小数目,你要怎么弄到手呢?"

这是津上一直想问的一个问题。

"你呀,办法总是会有的嘛!"冈部一副目中无人的样子,神气地说道。

"你想想看,我的公司正在往农村贩卖农机具,我让他们给我送来草袋作为抵押。每个草袋里,你装上一升米试试看,不过就是往草袋子底上塞上一丁点儿。哪怕遇上检查,就说是没抖落干净,轻松过关!十个草袋就是一斗,一百个草袋能装多少?那一千个草袋呢?——"

连日来的疲劳和渐渐袭来的醉意,让津上觉得浑身无力,眼皮沉重。他抬眼望了望窗外,只见外面不知何时已经夜色深沉，室内温暖的空气附着在玻璃窗上，淌下了一串串水滴。

"跟我有生意来往的村子，按照一个县三十个来算，光是近畿地区的六个府县就有一百八十个。假如一个村子送来一百个草袋子，总共就是——"

冈部大概也已经醉了，端着威士忌杯子的手有些摇摇晃晃。津上听着冈部那真假难辨的种种计算，脑子一半朦胧，一半清醒，无法判断冈部究竟是大恶人还是小坏蛋。

第二天早上八点，津上在报社的值班室醒了过来。在地下室的食堂吃了简单的早餐之后，因为跟三浦约好九点见面，他便来到了二楼的编辑部。平时不到下午不露面的社长尾本正同三个值班的年轻人一起，在窗边围着陶制大火炉，一边烤火一边闲谈。尾本一看到津上，便开口说道："天阴得厉害，明天应该没问题吧？"

入寒之后，虽然天寒地冻，但一直是明朗的晴天。正如天气预报所说，从昨天开始，天色渐渐变了模样。而且，突然间，寒意略减，气温回升，令人不安。

"没问题吧。应该还能挨个四五天。而且，气象台说了，南方的低气压开始往东移动。"

津上说道。他一起床就给气象台打电话了。对津上来

121

说，比起天气，如何筹备下午两点前必须交给田代的那十万元，更为紧要。昨晚，他很迟才从冈部的公司返回。强忍着脑仁阵阵的抽痛，给事先物色好的两位企业家打了电话。不巧，其中一位离家上东京去了，另一位则回复说，倘若是三四天后的话，还能周转得开来，今明两天则不好办。昨天拒绝得那么彻底，结果今天早上睁开眼睛后，三浦吉之辅那张脸便不断地在闪现在他的眼前。昨天夸下了海口，可事到如今，除了答应三浦之外，没有其他办法可以拿到十万元。津上权且把三浦的提议说给尾本听，尾本一下子严肃起来，说道：

"天气这么异常，三浦估计会打退堂鼓了。哎呀，你昨天就应该跟他拍板成交。"

尾本的话里明显地表露出对津上的不满。

"不，三浦会来的。"津上说道，"他既然说了今天早上九点来，应该就不会失约。他不是那种轻易变更计划的人。"

实际上，津上觉得，三浦这种人，即便下雨也会跑来的。

"我说，对方可是个出了名的生意人呐！"尾本一脸不悦地说道。

然而，正如津上所料，差五分九点时，三浦果然来了。会客室里，津上、尾本和三浦围桌而坐。

"依我看，八成下雨两成晴天。虽然对我来说，这是个走钢丝般的大冒险，但我想把赌注押在那两成的晴天上。怎么样？津上先生，我们昨天谈的——"

三浦嘴上说是走钢丝般的大冒险，但他在交涉上却没有表现出一丝一毫的动摇。他还是跟昨天一样，高高地昂着头，同时望向尾本和津上，等着他俩回答是或不是，那神态沉着镇定得令人有些生厌。

可是，下一秒，奇怪的事情发生了。

"见谅，这事还是到此为止吧。"

说话的不是津上，居然是尾本，他煞是气急地回答道。三浦那种异常的强硬态度，莫名其妙地刺激了尾本。因为这个年轻男人，六十六万元可能从自己手里消失，尾本突然舍不得这笔钱了。

"是吗？明白了。"

三浦脸上露出了可以各种角度解读的笑容。接着，他便不再提及此事，说了几句关于经济界的动态之后，便像是谈成了生意似的，步履轻快地回去了。送走三浦，回到编辑部，尾本以兴奋的口吻对津上说道：

"那十万元，我来想办法。中午之前，争取筹到钱。明天一定是晴天，下雨之类的，谁受得了！"

说完，尾本用手帕胡乱地擦了擦鼻子，逢人便说明天是晴天，俨然一副宣传自己信念的模样。之后，便匆匆忙忙地离开了。

刚过晌午，尾本揣着十万元钞票回来了。他把钱交给津上时，不忘加上一句：

"这可是从朋友那里周转来的钱呐。"

尾本不说是自己的钱，而是朋友的钱，这个细节说明他是个精明的人，这笔钱他准备收利息。

跟田代约的是两点钟，时间还早，但津上还是出发前去球场的办公室了。田代已经先到了，他正叉开腿跨着火盆取暖，嘴里叼着烟。一看到津上来了，他便问道：

"昨天拜托你的钱带来没有？"

田代的表情让津上感觉到一种认真。

"带来了。这些，够了么？"

津上从皮包里掏出一捆钞票，随便地扔在桌上。

"够啦！多谢——"

田代抓起钞票，不慌不忙地塞进了皮大衣的各个口袋，余下的用包袱皮裹了起来。

"要是能再多准备二三十万就好了。不过，我也不喜欢揣着大笔现金走道儿。"田代沙哑着嗓子笑着说道。

这时，三四天来一直守在办公室的记者M过来了。"津上先生，可了不得了！"他夸张地说，"今早四点，我被吵醒了，还以为发生了什么事呢，一看，卡车把大米、小麦和酒全都给运来了！"

昨晚，尽管冈部执拗地劝诱津上，说要换个地方再继续喝酒，津上还是断然拒绝了。他跟冈部告别时，已经接近九点钟了。冈部几乎一个人喝光了第二瓶威士忌，走路都有些东倒西歪了。难不成他是在跟津上分开之后，口齿不清地命令手下装运牛饲料的么？津上只回答了M一句"是么"，便一动不动地凝视着窗外光秃秃的寒枝。他似乎感受到，冈部正在某处窃笑，一双小眼睛透着精光。

当天夜里，津上在西宫的高级饭店设宴，庆祝斗牛大会次日即将召开，也犒劳一下参赛斗牛的饲主们。报社方面出席宴会的有尾本、津上，还有几个有关的记者。在宴席上，津上目睹了一场意外：本次斗牛大会最有望夺冠的斗牛是三谷牛，它的饲主三谷花突然歇斯底里地大声叫喊，踢翻了酒菜，离席而去。她身材肥硕，着装也有讲究之处，看起来不像是个四十岁左右的农妇。

"别人都好说，可川崎给倒的酒，我能喝吗！我是来赌命的！眼下，我家老头子和小子们都在净身祈祷呐！"

两三杯酒下肚后，三谷花面色通红，快意地歪着脸，大声痛斥着。她踉踉跄跄地靠在隔扇上，扫视了一眼在座的众人。她并没有醉。异常渴望自家斗牛能够获胜的执念，使得她一时异常兴奋，几近狂人。川崎牛跟三谷牛齐名，同属夺冠热门选手。她毕竟是个女人，当川崎牛的主人川崎给她斟酒时，便控制不住突然间涌上心头的那股敌意了。

为了缓和气氛，田代端着酒杯在席间转了一圈。来到津上跟前时，他解释道：

"怎么说呢，报纸上那样大事宣传，牛主人们也自然就兴奋起来了。"

津上一边听着田代说话，一边猛然发现，关于斗牛大会，自己全然忘记了重要的一点——斗牛活动最为本质的一面，即斗牛是一场两头动物间的生死搏斗。这一点，不仅津上，包括尾本、冈部、三浦，他们也都忘记了。就连给津上说了那番话的田代自己也全然忘记了。

津上在报社三楼的值班室醒了过来。在意识到下雨了的那一瞬间，他从床上噌地跳了下来，猛地推开了两边的玻璃窗，把手伸到了外面冰冷的空气中。冷雨啪嗒啪嗒地打在他裸露的手臂上。看样子，这雨刚下不久。津上看了看手表，凌晨五点了。他伫立在窗前，寒气透过身上薄薄的一层睡衣向他袭来，霎时感觉全身都冷透了。他在睡衣外面披了一件外套，摸索着走下黑暗的楼梯。他来到二楼编辑室，拧开了一旁办公桌上的电灯。接着，他抓起电话听筒，接通了气象台，询问今天的天气情况。没到时间就被人吵醒，气象台的值班员恼火之余，硬邦邦地甩来一句："时晴时阴！"话音未落，便挂掉了电话。

津上回到值班室，重新躺到床上，却再也睡不着了。雨夹着雪子，不知不觉下大了，不时从侧面敲打着床铺边上的玻璃窗。七点钟，津上下了床。不一会儿，尾本打电话来了。

"这事不好办了。"

"如果是小雨，比赛照常举行。离九点还有两个小时。"

"可这雨眼看着越下越大啊！"

尾本着急的样子仿佛就在眼前。八点，报社里跟斗牛大会有关的职员们都来了。雨时而淅淅沥沥，时而瓢泼如注。一行人决定姑且先去球场办公室，便分乘五辆车出发了。汽车奔驰在阪神国道上，车窗上不停地淌着雨水。

球场办公室里，田代把淋了雨的外套挂在钉子上，一个人大口大口地喝着茶。

"真是倒了大霉了！干事业，往往总是这样呐！"

今天，田代脸上的皱纹异常显眼，看上去格外苍老，有一种背运的演出商常见的淡定。稍晚一些，尾本也来了。他极为不快，跟谁都不说话，心神不宁地在那里走来走去。他时不时到看台上去看看，又一身湿漉漉地回来。然后，仰身靠在椅子上，故作傲慢地往烟斗里装烟。

从十点左右开始,雨小了,天空也明亮了起来。

"天要晴啦!"有人说道。

"斗牛大会,从一点钟开始吧。"尾本率先提议。

"就算有人来,估计也就凑个三千吧。雨中斗牛么!"

从早晨开始就沉默寡言的津上说道。他语气冷漠,有一种抛开周遭一切的自嘲或倨傲。

"两千、三千也行啊。管它下雨还是下雪,开弓没有回头箭,只能豁出去了!"

尾本认真地说道。

十一点,天空依然阴沉沉的,但雨好歹停了。报社职员拿着"斗牛大会两点开幕"的宣传单,奔向郊区电车沿线的各个站点进行张贴。尽管知道收效甚微,球场看台上的喇叭依然一边转动,一边朝着球场四周的零散住宅区以及行驶在这一带的三条郊区电车路线的站点,不断地广播着大会两点开始的消息。

将近两点的时候,前来观看的人终于渐渐多了起来。有老人,还有学生、儿童、抱着包袱皮的主妇、复员军人模样的青年、衣着花哨的年轻情侣——一句话,人员杂乱,给人一种零散凑合的感觉。从办公室的窗户望去,那些人三三两两地出现在球场前方的广场上。

津上站在内场席的最高处,像个局外人一般,无动于衷地看着观众们不断地从设置在巨大球场各处的几十个入口进入场内，然后朝四处散去。他用手表测了一下，十分钟时间，看台大概接收了一百来号人，这个数目应该还会继续增加。即便如此，到两点开赛为止，入场观众的数量也是有限的。这场豪赌，胜负已定。球场的租赁合同毫无转圜余地，一天也不得延期，所以斗牛大会不可能"雨天顺延"。今天、明天和后天，这三天对于津上等人而言，是失不再来的决战时刻。三天中如果有一天失利，便会造成致命的打击。

津上站在看台的最高处。从这里放眼望去，可以看见浓重黯淡的阴云之下，一片水田和旱田伴着散落于其中的工厂、小小的院落，一路萧瑟地延绵至六甲山的山脚。这景象透着阵阵彻骨的寒意，让人觉得仿佛是在看一幅绘了瓷器的画作。六甲山上靠近山顶的地方，散落着几条白线，那是落雪的残痕。眼下，唯有那山顶的几处薄雪，可以拯救津上内心的疲惫。恍若从这个败亡的国度彻底消失了的纯洁无瑕，落脚于彼处，相互依偎，窃窃私语。在看台一角搭好的主席台附近，尾本和五六个报社职员正走来走去。不知何时，竞技场边上拴牛的地方，竖起了几面染有斗牛名字的旗帜。这些旗帜不约而同地重重垂挂着，纹丝不动。在这奔波忙碌的三个月里，津上从未想象过如此萧索、凄凉的大会场景。真是天壤之别啊！可是，他最终还是将这一切推开，包括他自己，置身事外，袖手旁观。对于眼下报社这一目了然的巨大损失，他没有尾本那种补救一点是一点的执着与焦虑，有的只是面对逐渐清晰的重大失误时，一种难以忍受的寂寥感。仿佛是在相扑场上，全力以赴地一步步将对手逼进了绝境，却在最后关头一个疏忽，功亏一篑，让人产生一种难耐的不快。从一早开始，他便本能地跟自尊与自信的丧失做斗争。他的眼神从未如此冷漠、傲慢过。

尽管如此，到了大会开幕的两点钟，大约有五千名观众零散地坐在了内场的看台上。尾本的开幕致辞从设置在场内的三十六个喇叭齐声播出，空洞地回荡在球场的各个角落。这时，雨又开始下起来了。当第一组的两头斗牛被牵到赛场中央时，雨势已经越来越大。

"果然还是不行啊！观众开始走了，停止吧！"

T来到坐在主席台的津上身边说道，似乎再也忍耐不住了。

"停吧！播报一下。"

津上斩钉截铁地说完，便起身站了起来，浑身湿漉漉地，一步一步迈着沉重的步伐离开了主席台。他斜斜地穿过球场，登上了内场看台的台阶。这里有千人上下的观众依然站着观望。有的撑着雨伞，有的头上盖着大衣，焦灼不安地朝赛场投去不肯死心的目光。

走进观众之中，津上才体会到了绝望的味道。无人的看台角落里，他在一张淋湿的椅子上坐下，一动不动地任凭雨水浇打着。当喇叭通知大会中止时，看台上的观众便骚动了起来。津上竭力挺住心头那种行将崩塌的感觉，在纷扰的人群里，独自一人顽强地坐着。

忽然，津上意识到，似乎有人正在给他撑着伞，遮挡住雨水。那一瞬间，他想到了咲子。结果，果然是咲子站在一旁。

"傻瓜，会感冒的，快站起来。"咲子命令似的说道，的眼神一半带着怜悯，一半带着不悦，看着津上，一动动。津上听话地站了起来。

"今天就先回西宫去吧？——"

津上失魂落魄般地朝着咲子望去，眼神空洞。不一会儿，他回过神来，说道：

"等我一下，我把工作交代一下。"

说完，他便逆着人流，朝球场方向走去。咲子觉得，他已经精疲力尽，走下台阶的步伐跟跟跄跄。一路来到地面，在一层的中央出口处，津上让咲子在此等候，独自向办公室走去。津上走进办公室，虽然脸色苍白，但是已经换了模样，又回到了平日里那个挺拔的津上。尾本不在，一问，才知道他已经坐车回报社去了。津上用手帕擦了擦淋湿的头发，又用梳子梳理了一下，调整好领带，点上一支烟。然后，他以一种略显异样的果断开始处理剩下的工作，一件接着一件，速度快得惊人。斗牛方面的事情，全部交给了田代。至于明天见报的报道该如何安排，津上给职员们下达的指示比平常更为细致、用心。众人顾及津上的情绪，都尽量少开口。津上像是要打破这个气氛似的，把留下的职员们都叫到自己身边来，说道：

"大家听好了。明天上午如果下雨，不管下午是晴是雨，斗牛大会都中止举行。只要后天把会场弄热闹就行了。"

他的话听起来既像宣告又像命令，语气严厉。

之后，他便让留下的职员们回去了。等他再次回到咲子身边时，已经是一个小时之后的事情了。咲子站在空无一人的出口，一身寒意。两人坐上了剩下的最后一台汽车。一上车，津上便背靠着座位，闭上了眼睛。他把半边脸埋进了湿漉漉的外套领子里，连帽子即将掉落也无心顾及，双目紧闭，表情极为痛苦。而且，仿佛竭力在忍受那种痛苦的折磨一般，不时咬住嘴唇，轻声呻吟。不管咲子跟他说些什么，他都只是微微地点头或者摇头，一言不发。咲子紧紧地注视着汽车剧烈颠簸中，这张饱受挫折的情人的脸。这个彻底受伤之后，连话都说不了的男人，她第一次可以把他当成自己的所有物来看。放荡不羁的浪子在经历了失意之后，最终还是回到了无名无分的自己身边。一种近似于母亲所具有的胜利感，掠过咲子的心头。伴着残忍快感的不可思议的爱情，让咲子变得既冷漠又温柔。伸出手，搂住脖颈，尽情地爱抚，男人的脸表情不变。即便抽回手，松开脖颈，那张脸的表情恐怕依然如故。跟津上一起生活的三年时间里，她从未有过今天这样的经历。津上对她召之即来挥之即去，在这段关系中，处于被动位置的那个人总是咲子。咲子虽然顾忌着司机，但还是用手帕给津上擦了擦脸。她冷漠地俯视着津上，这初次体验到的奇特的情欲，使得她大胆起来，恍若变了个人似的。

斗牛大会的第一天、第二天，接连下了两天雨。第二天傍晚，雨停住了。第三天，虽然寒风凛冽，却一片晴朗，可以说是绝好的斗牛天气。到了九点开赛时刻，入场券的销售虽然比预想的情况差了许多，但也卖掉了一万六千张左右。尾本穿着正式的礼服，几乎隔一小时就到售票处看一下。他急于了解报社庞大的损失如何一步步缩小。田代则不时登上看台最高处，仔细地观察从郊区电车站往球场而来的人流。然后，费劲地撩起沉重的皮大衣的下摆，急匆匆地踩着层数繁多的台阶往下走。从一早开始，他就在脑子里反复盘算着同一个念头。田代跟尾本不同，周期性的绝望袭击着他。他无法安心地坐在一个地方。他刚刚还在主席台上，转眼间，又徘徊于近场座的观众群里了。才看见他在拴牛场前面来回转悠，结果他的身影突然又在外场座空无一人的角落里冒了出来。田代有时会停下来，从口袋里掏出一小瓶威士忌，慢吞吞地拔掉瓶塞，把酒送进嘴里。总之，关键的斗牛，尾本和田代都不曾看上一眼。哪头牛赢了，哪头牛输了，都与他们无关。对他们而言，那不过是犄角相对的两头畜生展开的一场竞技，愚蠢之至，令人费解。

主席台上，津上和其他委员们一起，坐在堆得高高的奖品、奖状和赛程表后面。也许是心理作用，他觉得报社职员们的眼神都是冷冰冰的。这次斗牛大会的失败，津上负有不可推卸的责任。职员们的眼神中夹杂着同情、快意以及不明缘由的反抗。从早晨开始，津上就坐在这里，不时将视线投向赛程表、竞技场以及宽敞的看台上坐了六分满的观众。话虽如此，他也跟尾本、田代一样，什么也没有看见。斗牛比赛自不待言，就连看台、观众、记录胜负的分数牌，尽管他的视线从上面一一掠过，实际上却什么也没看。喇叭在不停地播报着什么，但他却根本没有注意听。对他而言，一切不过是一场乱七八糟的庆典，与己无关。有时，强劲的西北风刮过球场，主席台背后的幕布随风摆动，啪嗒啪嗒直响，散落在地面的纸屑则一齐翻动。津上在孤独的内心深处，琢磨着一个在夏天之前把斗牛大会推广到东京去的新计划。推荐给牛马保护协会也行，农林省也好。或许还可以推荐给厚生省和大藏省，开发成取代彩票的合法的赌博事业。他想通过这个办法填补田代弄出来的巨大亏空，尽力减少报社的负债。这次失败，让他更深一步地陷入了斗牛这项魅力独特的事业的沼泽之中。大会第一天，大雨滂沱让他体会到的深深绝望，就像拍打在岩石上的浪花似的，最终还是离他远去了。这次斗牛大会的失败，没给津上留下任何的伤痕。

到了三点钟的时候，入场券一共售出了三万一千张，这恐怕已经是顶峰了，估计不会再有什么可观的增加。

"算到这里，大概亏了一百万元吧。对半的话，也是五十万元的大窟窿啊！"

田代不知从哪里跑到主席台来，随便地坐在放着奖品和奖状的桌子上，对津上说道。大会委员提醒他，这是在观众跟前，要注意举止。"哎呀，对不住。"田代说着，连忙从桌子上跳下，趔趔趄趄地走到津上身旁的主席位置，坐了下来。他哼了一声，像是在反抗些什么似的，毫不客气地一把抓过津上嘴里叼着的香烟，给自己的点上了火。他已然酩酊大醉了。

"要说五十万元，津上先生，眼下虽说算不上大数目，但我的钱是从我哥那边借来的，而且利息还高。我哥那可不好惹啊！他就是个魔鬼，百分之百的魔鬼，贪得无厌的吸血鬼！天哪！可恶，可恶！"

田代一脸痛苦地举起双手，一副要抓挠什么的样子，然后紧紧地抱住了脑袋。这时，津上发现，田代那件皮大衣的袖口里绽开了一个很大的口子。津上忽然想到，至今为止一直不曾考虑过田代的家庭情况。从未听田代提起过妻子儿女，不知道他与家人是生离还是死别，抑或他是个单身汉。如此一想，津上觉得田代身上带有那么一种可怜的味道。

"事业这玩意儿，就是这么回事吧！津上先生，我再去转一圈回来。"

田代站起身，摇摇晃晃地离开了主席台，双手插在大衣的口袋里，迈着既似悠然又似蹒跚的步伐，穿过竞技场边上的人群，朝拴牛场走去。

几乎是同一时刻，三浦吉之辅用肩膀挤开人群，从对面直奔主席台而来。津上一看到三浦的身影，便不由自主地站了起来。三浦一路径直走来，隔着桌子站在了津上面前。他依然态度昂然，扬着眉毛，但脸上没有任何表情。"前些天打扰了。"三浦说道。倘若不是隔着桌子，他恐怕会跟津上来个握手。"今天过来，是有事想务必请您帮个忙。"三浦继续说道。言谈举止中，既没有对斗牛大会如今的惨状冷嘲热讽，也不带什么幸灾乐祸的意味，但也不见丝毫的同情与怜悯。他仅仅是过来谈一笔交易。

"怎么样？听说大会闭幕时要放焰火，能不能在那些焰火里，夹带个一百张左右的'清凉'兑换券呢？我们准备在出口处，给捡到兑换券的人每人发一个'清凉'口香剂。放焰火的费用，就由我们来承担吧。"

"可以。我把负责放焰火的叫来，你们商量一下。一百张也行，两百张也行，随便往里头放吧。焰火的费用，不用担心。对我们来说，能让大会更加热闹一些，也是件好事。"

谈妥之后，三浦朝赛场方向举起了手。两个男人跑了过来，他们看样子应该是三浦公司的职员。三浦暂时离开主席台，去跟他们说了一会儿话。接着，他再次回到津上身边，说一切都托付给那两人了，请津上随意吩咐。然后，他说自己还有事情，就此告辞，一眼都没往竞技场那边看，便匆忙离去。

在跟三浦吉之辅交谈期间，津上心里有一种紧张感。三浦的言语态度里，带着一股冷漠，那无懈可击的架势让津上变得生硬起来。那个男人究竟有何特殊之处？他身上什么地方让自己产生敌意呢？初次见到三浦时，从脑海里掠过的疑问，再一次浮上了津上的心头。可是津上始终未曾觉察到，三浦让他产生抵触情绪的，既非生意之外不流露任何情感的利己主义，也非他那令人憎恶的、自成一派的、当机立断的合理主义，更不是那双野心勃勃、傲慢无礼的眼睛，而是迥然不同的其他东西。三浦总是福星高照。他与生俱来的这种运气，与津上动辄落入败局的情况，可谓截然不同。津上痛恨这个注定赢过自己的男人。

过了一会儿，当津上的目光转向拴牛场时，他突然从诸多观众中，看到了矮小的冈部，不由得大吃一惊。冈部拉着田代，慢悠悠地走着，正逐一对拴牛场里的斗牛进行品评。在这头牛跟前停一停，然后又朝另一头牛走去。在冈部和田代身后，隔着一点距离，有几个男人结成一团，亦步亦趋地跟着。观众不时从那里经过，冈部的身影时隐时现。那穿着西装的小小背影，沐浴着午后的斜阳，带着一种津上未曾见识过的全新的分量，在观众中间自如地穿梭。"这二十二头斗牛中，应该有几头是回不去W市了。"津上想道。居然一心以为冈部想买下参赛斗牛的事情已经告一段落，津上突然对自己居然如此糊涂感到一丝滑稽。牛恐怕是回不去W市了，是五头，还是十头？或者是全部？……个子矮小的冈部抱着胳膊站在一头牛前面，听别人解释着什么，趾高气扬地点着头。津上注视着他，心里与其说是怀着愤恨，不如说是一种自虐般的痛快。

作为斗牛大会的重头大戏，三谷牛和川崎牛的比赛已经持续了一个多小时,输赢却依然不见分晓。两头牛都气喘吁吁地晃动着庞大的身躯,犄角对着犄角,从竞技场的中央顶到边上,又从边上顶回中央,只是位置有所改变,整体而言势均力敌,难分胜负。由于无聊的比赛持续的时间太长,主席台上有人提出,是否可以判定为平局。最后,大会采纳了津上的建议,判为平局还是让它们决战到底,由观众们的掌声决定。

不一会儿,也许是听到了工作人员的议论,脖子上围着毛巾的三谷花跑到津上跟前,恳求道:"再有十分钟,就可以见胜负了,让它们就这么斗下去吧。请不要判成平局。"长时间的紧张使得她的脸色一片苍白,她说:"不管谁看,胜败已经一清二楚了。"

就在这时,喇叭响了,宣布这组比赛是判为平局,还是决战到底,由观众们的掌声决定。

"赞成平局的,请立刻鼓掌!"

掌声从场地四周的看台上响了起来。出人意料的是,鼓掌的人居然不到总数的三分之一。接着,喇叭又喊道:"赞成决战到底的,请鼓掌!"结果,掌声从四面八方响起,鼓掌的人数远远地超过了方才。如三谷花所愿,比赛决定继续举行。

津上跟主席台打了个招呼,说去去就来。然后,他起身朝三垒的内场看台走去。他突然想起了跟咲子的约定，这天下午，咲子将会来到内场看台的最后一排。可是，咲子已经在主席台附近的一垒内场看台上，坐了一个多钟头。她对斗牛毫无兴趣。这么一项无聊之至、节奏沉闷、毫无现代竞技色彩的赛事，津上却为之奔波卖力，她实在难以理解。比起对赛事的关注，她的视线总是不由自主地投向主席台上的津上。坐在那里的津上，已经不是前天那个窝在自己的臂弯里，绝望得几乎将生死都托付于自己的津上了。那张侧脸以及待人接物、发号施令的动作中，都透着一股平日里斗志昂扬的津上的调调。他那报社年轻干部特有的气派，即便从远处望去，也让咲子感到目眩神迷。前天，自己的确曾经在津上的心里占有一席之地。他身上有一处除了自己任何人也无法填补的空隙。对津上而言，自己是一个必不可缺的女人——当时的确信，如今就像是一场梦似的，咲子虚无地想道。眼下在主席台上坐着的，又是平素那个自私自利的津上了。他如果要忘掉自己，估计只消一年光景，便会忘得一干二净。一切都结束了。津上已经不会再回到自己身边了。不知为何，今天咲子心里萌生出了这个想法，并且变成了一种难以动摇的信念。

　　咲子跟在津上身后，也登上了三垒内场的看台。两人在看台最后一排并肩坐下。

"难为你还记得我,来这边赴约了!"

这并非挖苦的话。今天的津上,在咲子看来,是那么的遥远,所以这句话自然而然地脱口而出了。

"刚才,鼓掌决定让川崎牛和三谷牛决战到底的,我想,大概占了全部观众的七成。你看,来到这里的观众,居然有七成,对这场无聊、拖拉的比赛没有感到厌倦。"

津上瞪着竞技场,唐突地说了一句,他的目光说不上是带着敌意还是轻蔑。接着,他看了一眼咲子,说道:"也就是说,有这么多人把赌注押在了斗牛上。他们要决出的不是牛的胜负,而是自己的输赢。"

津上的嘴边浮现出了微微的笑意。咲子觉得那笑容极其冷酷。她想,要说赌博,第一个押注的不正是报社吗?赌上了报社的命运。田代也在赌,尾本也在赌,三谷花也在赌。

"大家都在赌,只有你没赌吧?"

咲子说完,自己也为之一惊。这句话,几乎是一瞬间便脱口而出。津上的眼睛倏地亮了,目光昂然,带着一种悲哀。

"看到今天的你,不知为什么,我就有那种感觉。"

咲子自己也觉得刚才的话有些咄咄逼人,于是辩解似的,连忙补上了一句。可是,一股意想不到的分不清是悲哀还是愤怒的激动情绪,让咲子产生了要跟津上来一次全面冲突的冲动。于是，咲子恨意分明地说道：

"你从一开始就什么也没赌！你不是能赌的那种人。"

"那么，你呢？"

津上若无其事地问道。咲子大吃一惊，倒吸了一口凉气，自己也意识到脸上已然血色尽失。她表情扭曲地笑着，一字一句地说道："当然，我也在赌！"实际上，咲子的确在赌。当津上跟她问出"你呢？"的那一瞬间，咲子把是否跟津上分手这一痛苦已久的命题，反射性地作为赌注，押在了竞技场中央两头牛的决斗上去了。如果红色的牛获胜，她就跟津上分手。

咲子再次环视整个球场。竞技场上，红黑两头斗牛仿佛雕塑一般，一动不动地站着。冬日雨后的阳光，冷冷地洒落在竞技场、竹栅栏以及四周的观众头上。驯牛人为了挑起牛的斗志，不停地敲打着牛的屁股和腹部。旗帜迎风飘扬，猎猎作响。比赛僵持不下，喇叭数十遍地一再播放着同样的内容，断断续续地吐出那些近于疲倦、焦躁、悲鸣的声音。看台异常安静。不见笑容，鸦雀无声，所有观众都目不转睛地俯瞰着竞技场。突然，如同笼罩着这座球场的暮色一般，一种淤浊、晦暗、冰冷的东西，化为一股令人难以承受的悲哀，紧紧地压在了咲子的心头。

就在这时，一声叫唤打破了球场的寂静。与此同时，所有观众全体起立。仔细一看,原来竞技场上两头牛势均力敌的局面已经不再,凶猛的获胜者抑制不住胜利的兴奋,正在竹栅栏中一圈圈地来回奔跑。咲子一下子没能看清哪头牛获胜。她感到了强烈的眩晕,强忍着紧紧抓住津上肩膀的冲动,再次将视线投向了竞技场。整个马蹄形的巨大体育场充斥着一种令人无奈的、沼泽般的悲哀。竞技场上,只有那头苦闷的赭色动物在做着不可思议的圆周运动,以己身之躯,不停地搅拌着弥漫于场内的悲哀。

比良山上的石楠花

_{ひらのしゃくなげ}

时间过得真快，转眼间就要五年了。时隔五年，我再次来到了坚田旅馆。上一次来此地，是战争结束前一年的春天。当时战局已经开始紧张，自那以后，五年的时光过去了。仿佛已经是很久以前的事情，又好像昨天刚刚才发生过。总之，最近，我觉得自己似乎对时间概念比较模糊。我年轻时可不是这样。在上个月的解剖学杂志上，有个家伙把我写成了"矍铄八十翁"。我还没到八十岁，还差两年时间。不过，不管怎样，在别人眼里，我已经是个老翁了。"老翁"这个词，有几分安逸的味道，我不喜欢。我喜欢老学徒这个词，老学徒三池俊太郎。

旅馆的老板曾经说过，宜于观赏琵琶湖的胜地，有三井寺、粟津、石山，还有其他一些合适的地方，不下十所。但是，要说欣赏比良山，尽管湖畔辽阔，却没有比坚田旅馆更合适的场所了。尤其是灵峰馆西北角的客房，无一处可以与其媲美，老板对此十分自豪。他还说明过，从这里遥望比良山，山容显得最为神圣庄严，故而取名为灵峰馆。从这个客房远远望去，比良山真是美丽。隔着琵琶湖，从彦根城望见的比良连峰蜿蜒向东西绵亘的壮丽景象。而这里虽然不见那般景致，却可以欣赏到比良山悠然地将数条轮廓分明的山涧揽在怀中，山脚延绵，伫立于琵琶湖西岸。一部分山顶不时被云朵遮住，那身姿有一种普通山峰所见不到的气质与风度，的确十分美丽。

话说，那个老板过世之后，至今过去了多少年呢。二十年？不，应该更久。我因为启介的事情，第二次到访此地时，那个老板已经得了中风，口齿不清了。我记得，自那以后不久，大概两三个月的样子，我收到了他过世的讣告。当时，在我看来，那老板一副老态龙钟的样子，但他其实勉强刚到七十岁左右。仔细一算，我如今已经比他多活将近十年了。

这家旅馆没有发生任何变化。我初次来到这里，是在二十四五岁的时候。从我第一次坐在这间客房时开始，不经意间，五十多年的岁月悄然流逝。五十年不变的旅馆，也真是少见。长得跟过世的老板一模一样的少老板，坐在玄关边上微暗的账房里，跟他父亲一样的表情，一样的姿势。这间屋子里，壁龛上挂着的山水画以及搁着的布袋和尚摆件，可能也都是当年的东西。与此相比，我家可是发生了翻天覆地的变化，一切都不一样了。从家具、人，到人的想法，就没有一个保持原样的。而且，年年月月都在变。也许应该说是时时刻刻在变。如此发生变化的家庭，也实属少见。搬一张藤椅摆在檐廊上，一个小时后，椅子的朝向已经变了，真是让人受不了。

啊，这一刻是多么自在啊！我已经多少年没有享受过如此安然宁静的时光了。这就是学者的时光。一个人坐在藤椅上，眺望着琵琶湖，眺望着比良山，没有人在一旁直勾勾地盯着，感受不到任何不怀好意的目光，听不见任何没轻没重、惹人心烦的说话声。要是想喝热茶了，拍拍手把女佣叫来即可。不吭声的话，直到傍晚，也不会有人前来打扰。既没有收音机的声音，也没有留声机、钢琴的声音。听不到春子高亢刺耳的叫嚷、旁若无人的孙子们的喧哗，也听不到近年来目中无人的弘之的声音。

不过，家里现在一定闹翻天了吧。我突然从家里不见了，他们一定是乱成一锅粥了。最近，为了以防万一，我绝不独自外出。而今天出门之后，居然五个多小时了，还不见回家，估计就连春子也慌了手脚。"老爷子不见了！""老爷子不见了！"——这会儿她可能正像平日里那样高声叫嚷着，上邻居和熟人家里四处找我。弘之应该是接到了电话，连忙从公司赶回了家里。我知道那小子，他既不想通知亲戚，也不想报警。话虽如此，他不管往哪里打电话，也都打听不到我的下落。他现在应该是一副难看的脸色，慢慢吞吞地在房间里踱来踱去。他就爱瞎操心，或许已经把我失踪的事情，告诉给弟弟妹妹了。定光或许已经从大学研究室回到了家里，一脸因为这种事情被叫回家而极为不悦的神色，待在我的书房里，坐在我的椅子上，愁眉苦脸地喝着茶。京子也从北野赶回来了吧。倘若不是发生了这样的事情，定光和京子都不会回家的。不知道究竟是忙成了什么样子，偶尔带些点心上门看望一下孤零零的父亲，也不会遭报应的。我要是不吭声，他们就把父亲抛在一边一年半载，一个两个都是不孝子孙。

明天之前，就由他们去担心吧！明天中午，我再出其不意地回家。七十八岁的我也是有自由的，有出门走走的自由。如今正流行自由之说。即便一声不吭地离开家门，也无可厚非。我年轻时曾经喝得烂醉如泥四处留宿，从未事先跟美纱打过招呼。不声不响地待在外头三四天，从来也没有像弘之那样，打电话跟老婆汇报。弘之就是个妻管严，溺爱孩子，娇纵老婆，是个没出息的家伙。

不过，明天我回家之后，恐怕免不了一番折腾。春子估计会故意在定光和京子面前叫嚷："就是这样，我照看爷爷，真是精疲力尽！"以她的性格，也许会夸张地趴在榻榻米上哭给人看。弘之、定光和京子，担惊受怕一整夜，肯定要把心里的愤恨都发泄出啦。我准备一句话都不说，把那些人的脸一张一张地看过去，然后走进书斋。要是弘之追了过来，冠冕堂皇地跟我说什么"今后，您不能再做这种为难人的事儿了！您以为您几岁了，想想自己的年纪吧！您做出这样的事情，孩子们可受不了。多不光彩啊！爸爸，您真是太乖僻了！"爱怎么说就怎么说好了，我不想搭理。我不说话，凝望着挂在墙壁上的施瓦尔贝先生的照片，他的眼睛安详静谧、意味深长。等心里平静下来之后，我便立刻翻开笔记本，撰写《日本人动脉系统》的第九章。我提笔写道：

Im Jahre 1899 bin ich in der Anatomie und Anthropologie mit einer neuen Anschauung hervorgetreten, indem ich behauptete：……

1899年，我在解剖学和人类学方面，发表了新的见解，引起了世人的关注。我主张……

那些家伙根本不懂我开始动手撰写的是什么。大概谁也不明白，这开头的一行字，闪烁着三池俊太郎作为一个学者的永恒的生命与自豪。首先，弘之就根本读不懂吧。按理说，他在学校学过几年德文的，忘得那样彻底，也真是少见。定光的专业是德文，而且还在翻译歌德的作品，读应该还是读得懂的。不过，那家伙也许只读得懂歌德。他从小就那样。他翻译的歌德估计也不靠谱。对于歌德这个文豪，我无从了解。不过，定光笔下的歌德恐怕也是跟他一个德行，难以取悦。但诗人歌德至少应该不是那种跟父母兄弟都难以相处的任性分子。一心只记得歌德、歌德，连重要的父亲在做些什么都一无所知，这种儿子真是让人头疼。日本人动脉系统解剖学的研究意义究竟何在，软组织人类学朴实却重要的工作具有何种学术价值，他对这些都无法理解吧。至于弘之，不，不仅仅是弘之，甚至连春子、京子、京子的丈夫高津等人，他们都会认为，我的这一行字还不如一百块钱宝贵。尽管如此，他们却又利用我学士院委员、某某奖获得者、Q大学医学系主任等过往的社会声望，极为浅薄地在他人面前抬出我的名号。这也无关紧要，但既然如此以身为我的子女为荣，就应该更加理解我、珍惜我，不是吗？

大学那边的横谷、杉山等人，可能也从弘之那里听说了我失踪的消息。大家可能都担心我离家出走，要死在外边。或者是因为对时局愤慨不满，或者是研究工作难以如意，所以有了自杀的念头。不过，假如启介还活着，或许只有他能明白我的心情。他那双温柔可亲、清澈美丽的眼睛，应该能够捕捉到我的心绪。他是长子，出生在我的贫苦岁月，从小在大杂院里养大。所以，他具有弘之、定光所缺少的眼力见儿。即使在父母看来，他也确实比较敏感细腻。

可是，我却最不喜欢启介。他不像别的孩子那般亲近我，从未在我的膝上坐过。这或许是因为，在他懂事的时候，我去德国留学了，彼此一直没在一起生活。然而，我总觉得，假如启介还活着，他应该会摸清我的心思，一边冷冷地看着一切，一边默不作声地妥善处理，让我称心满意。

但是，我不会去死。我才没有那种无聊的念头。《日本人动脉系统》的工作尚未完成，我即使活到一百岁也做不完。我要是死了，谁也接手不了这个劳多功少的工作。它就等着我一个人。我的生命是无价之宝，只有我知道它的价值。是的，这个世上或许只有我一个人知道。1909年，在柏林召开的人类学会上，克拉奇教授曾经说过："对于三池作为一名学者的价值，我的评价恐怕要高于他本人。还请多多保重。"这是我得到的最为清冽的赞辞。可是，克拉奇教授早已不在人世了。佐仓和井口也都死了。我的工作价值，似乎只有他们两人懂得。他们俩也都是了不起的人物，成就斐然。然而，他们俩的名字也从学界消失已久了。要说他们俩的工作，或许也只有我能真正合理地给予评价。

这些暂且不提，我为什么突然要来坚田旅馆呢？仔细一想，自己也觉得不可思议。我突然迫不及待地想坐在灵峰馆西北角的客房里，眺望琵琶湖的湖面，按捺不住地想远瞻湖对岸的比良山。这背后的直接原因，关系到那笔一万两千元的小钱，但实际上绝不是钱的问题。不是那么回事。

我在大学的地下室里保存了一些纸张，准备将来出书时使用。我卖掉了其中的一部分，得到的钱款大概有一万两千元。昨天，我跟弘之索要那笔钱，他奇怪地板起了面孔。他大概认为，他在照料我的生活，眼下生活又困难，所以把我卖纸得来的钱据为己有，充当一部分的生活费，是理所当然的。可是，我不那么认为。那些纸张本应用来印刷我的毕生著述《日本人动脉系统》第三册。战时岁月中，我四方筹措资金，好不容易才将它们弄到手。我担心会遭遇战祸，便托人把纸保管在大学的地下室里，直至今日。对我而言，它们是任何东西都难以取代的宝贝，跟那些用来印刷无聊的小说、辞典的纸截然不同，将用来印刷软组织人类学的创始人三池俊太郎五十年的心血。倘若生逢其时，应该是会被送到全世界的大学、图书馆收藏的。它们跟那些普通的纸张不一样。我的生命将化身为数百万个德语单词，栖身于其上。我把卖纸得来的钱放进抽屉里，不管怎样，情绪先稳定下来，准备开始工作。虽然我一直在贫困中生活，但我在心气儿上，从来不觉得自己是个穷人。即使跟人借了钱，可我想买的就买，想吃的就吃，每天开怀畅饮。如果彻底成了个穷人样，那还能做学问么！没做过学问的人是不会明白的。

我不小心把卖纸的事情说漏嘴了。于是，弘之和春子都开始指望上了这笔钱。我要是不松口，就算他们想动用，不也是白费劲么？

"这是我的钱，一分也不许动。"我说。这不是挖苦也不是吝啬。我是真的那么想的。

"父亲，您这样有些任性吧！"

弘之这么说，我不痛快。"生活太困难了，父亲，能不能将那笔钱匀一些出来呢？实在抱歉，如果您能同意的话，那可就帮了我们大忙了。"如果他能这样谦逊地跟我说，我就会当场改变主意，给不了一半，给五分之一是没有问题的。

这时，春子也从餐厅探出了头来，阴阳怪气地说道：

"你呀！父亲说的没错，那是他的钱，还是一分不剩地交给他吧！"

"对，是我的钱。随随便便被拿去给孙子买糖果之类的，我可不答应。"

我也说了一句。弘之对此啧啧表示不满。虽说他是我的儿子，但他的举动竟然如此轻薄，着实让我难以忍受。如果美纱还活着，应该不会让我经受这些吧。可是，美纱也是个生性软弱的女人，到了晚年，开始看弘之、春子的脸色办事，估计也指望不上。不过，这次事关卖掉工作用纸得来的钱，她应该不至于对孩子们言听计从。

到了今天早上，事情变得更加令人难以忍受。我在书房里正准备开始工作的时候，春子拿着一万两千元的钞票进来，本来放在桌子上就行了，可她却说了句：

"父亲，您渐渐喜欢上钱了！"

我不会喜欢钱的。这七十八年的人生岁月里，我在清贫中与研究同行。除了学问，我没有其他喜欢的东西。我如果喜欢钱，那就去当个临床教授，然后辞职开业，到今天应该也是个大富豪了。我也就不必在微暗的实验室里摆弄尸体，仰仗着实业家们的资助，写什么卖不动的外文书了。春子说的跟这截然相反。就算是误会，也得有个度。我如今生活在一个与学问完全无缘的、低俗的公司职员家庭里。而且，这种时局下，依靠那微薄的薪水抚养，我觉得如果自己不在抽屉里多少存一些私房钱，心里就不踏实，无法安心工作。我没有将退休金交给他们当做生活费，他们似乎常常对此感到不满。可是，如果我把退休金当做生活费，又该拿什么来支付给我打工的学生的工资呢？眼下，退休金是我唯一的研究费用。做儿子的如果盯着自己父亲的退休金，那也太不像话了！

我没有回答春子，觉得自己哪怕说一句话，也会脏了嘴巴。我在春子面前，用发颤的手一张一张地数着从她手里接过的一万两千元，的确是一百二十张。

"好了，去吧！"我对她说道。

我在桌前坐了一会儿，给自己点上薄茶，不就点心，喝了一碗。这个有些年月的萩烧①茶碗是我过七十大寿时，一

---

①日本山口县萩市一带烧制的陶器，柔和质朴，深受茶人的喜爱。

个不具姓名的学生送给我的。当时我不在家,他来到门口,悄悄地把茶碗放下就走了。这个学生和这个茶碗,我都十分喜欢。我把茶碗举在胸前,轻轻地一斜,深绿色的小泡沫静静地沿着碗边滑了下去。

我抬眼望向庭院,从大门开始一路向内延伸的灌木丛对面,一个身穿寒碜的西服的男人,正朝着玄关方向走去。最近,我见过他两三次了。我也知道他是大森屋的掌柜。春子又卖和服腰带或者衣服了吧。衣服是她嫁到这个家里时带来的,卖掉也无所谓。可是,他们的生活应该不至于困难到需要卖衣服。如果真有那么困难,把秀一的钢琴课停掉好了。十二岁的男孩,又没有天赋,却花那么多的学费让他学钢琴,真是乱来!这给我带来多少烦恼,他们知道吗!音乐是只有天才才拼命奋斗的东西。让八岁的桂子学画画,也是同一回事。这一切都是徒劳。说什么情操教育、情操教育,所谓的情操不是这样培养出来的。不跟孩子教导学问的高贵,算什么情操教育。

在孙子们的教育方面,存在浪费。在节约生活费方面,还有其他许多问题。春子说她前几天去四条擦皮鞋,花了二十元。真是让人无话可说。结果,弘之非但没有责备她,还说自己在京极街口花了三十元,那边擦得更仔细。好手好脚的夫妻俩自己不动手擦皮鞋,竟然花了五十元请人擦。让人说什么好。

尽管这样,她还一个劲儿地说生活困难,要卖衣服。真是自相矛盾。如果说丈夫是个酒鬼,喝得烂醉,生活难以为继,还可以理解。其实,我这一辈子就是那样。研究和酒,解剖室和酒馆。可是,我喝酒虽说也是浪费,意义上却有些不同。我不会请人擦皮鞋却舍不得喝酒。我哪怕给别人擦鞋,也要喝酒。对我来说,酒是我的欲望,跟研究一样,是欲罢不能的需求。

当大森屋的掌柜打开玄关的门铃声响起时,我起身换上西装,把波兰政府颁发给我的小型红十字一等荣誉勋章别在了西装背心上。这是我最喜欢的一枚勋章。我把已经着手撰写的第九章的一部分草稿和一本德语辞典装进书包,然后将一万两千元钞票塞进了口袋。我觉得口袋可能不够安全,便把钞票重新塞进了内衣口袋。我下了檐廊,穿过中庭,从后门走上街头。也许是心情激动的缘故,走起路来,膝关节咔咔作响。

我慢慢地走到了有轨电车途经的马路上,恰巧有一辆出租车迎面驶来。我叫住了它,问司机去坚田要多少钱。原以为他会说个两百元,没想到这个十八九岁的年轻司机居然开口要两千元。我不禁气得两手直发抖。可是,司机一副瞧不起人的样子,打着方向盘要把车开走,所以我说:"行,开车!"司机就那么坐着,从里面打开了车门。过去的司机,都是下车帮客人打开车门的。

汽车摇晃得厉害,让我很不舒服。我想这样可不行,便叫司机开得慢一点。我把手交叉放在胸前,收着肩膀,尽量缩小心脏的表面积,减轻心脏的负担,然后闭上眼睛。出租车离开京都市内,驶上京津国道。从这里开始便是混凝土公路,所以不再颠簸得那么厉害了。汽车从蹴上途经山科、大津,在滨大津拐弯后,开始沿着湖畔行驶。美丽的比良群峰出现在前方。"啊,比良山!"我在心里呼唤道。当我从家里出来,叫住出租车的时候,几乎是无意识地说出要去坚田。看来,我仓促间的决定并没有离谱。我的确想看琵琶湖、比良山。我想站在坚田灵峰馆客房的檐廊上,一个人悠然自在地眺望着琵琶湖平静的水面以及对岸的比良山。

我第一次见到比良山,是在我二十五岁的时候。——对了,比那时更早几年,我在一本当时发售的名为《摄影画报》的杂志卷首画页上,见到过比良山。那时,我还是第一高中的学生。在本乡的寄宿公寓里,我无意中翻开了一本房东家女儿的杂志,卷首第一页便是题为"比良山上的石楠花"的照片。它是用当时流行的紫色彩印制作的。

我至今仍然记忆犹新。那张照片上,在比良山系的山顶，一丛丛美丽的高山植物石楠花，如同花田一般覆盖在岩石裸露的险峻斜坡上。远处山脚下，可以望见一部分明镜般的湖面。看着那张照片，我莫名地心中一惊。我也不知道为何会那样，总之心里感受到了一种难以形容的、如同乙醚般具有挥发性的刺激。于是，我再次仔细地看了看那张比良山上的石楠花的照片。

在同一页的一角，有一块用圆圈划出的地方，里面介绍了每天数次来往于湖畔各个部落间的小型蒸汽船。那一刻，我心里想道："总有一天，我要搭上那艘蒸汽船，仰望着耸立于眼前的比良山的山脊线，朝照片上印着的山巅一角攀登而去。"——不知为何，我觉得那一天一定会到来。那一天会到来，必定会到来！该说是我对此深信不疑么？总之，是一种特别强烈的信念。

我想，要是那一天真的来了，当我登上比良山时，心里或许会觉得非常寂寞。该怎么形容它呢，就像是一种难以平静的、不论跟谁诉说也无法得到理解的心情——对了，有一个便利的词语叫"孤独"。或许也可以称它为绝望吧。孤独、绝望，是的，就是这种心情。我原本讨厌这种时髦、青涩的字眼，但它们却最能表达出我当时的心情。在那孤独而绝望的一天，我要登上开满石楠花的比良山顶，独眠于芳香洁白的花丛下。这一天将会向我走来，必定会来！现在想来，这是一种难以理解的消极心情，但当时这种心情是极为自然地涌上心头的。说起来，这便是我认识比良山，并对这座山产生兴趣的最初一刻。

数年之后，我有机会亲眼看到了真正的比良山，而不再是照片。那应该是我二十五岁时发生的事情了。我从东京大学毕业后的第二年，也就是我去冈山医专担任讲师的那年年底，准确说来应该是明治二十九年。那个时候，我被死神缠上了。年轻时，谁都有过不把生命当回事的时期。启介那样荒唐地死去，也是在二十五岁的时候。他如果闯过了那一关，也会像样地多活上几十年的。可是，那个优柔寡断的家伙……不，缠上了启介的死神，或许比缠上我的死神更加凶恶、难以对付。即便如此，启介也是个糊涂虫。但是，他也有令人怜悯的地方。如果现在还活着……糊涂、愚蠢、不像话的家伙。哎，一想到启介，我便气得不行。

缠上了二十五岁的我的死神，至少跟启介的情况不一样，是个更为纯粹的家伙。我为自己的生存意义而苦恼，所以想寻死。日后成为我毕生事业的软组织人类学，尚未成为我的心灵主题。说起来，当时我的心里到处都是缝隙。虽然从事自然科学研究，心里却塞满了宗教与哲学。藤村操从华严瀑布跳下，比我立志自杀晚了几年。那个时候，凡是搞哲学和宗教的人，都曾经一度被死神缠上过。万物的真相，唯有一句：不可解。人们认真地思考着这些问题，那是个不可思议的时代。明治末年有一段时期，是日本的青年们沉浸于思考、探索生死问题的奇妙时代。

一到十二月，我便带着一本《碧岩录》，自冈山直奔京都，来到了嵯峨的天龙寺。我以居士的身份待在G老和尚门下参禅修行。那时候，我每天夜里都要坐禅，深夜端坐在正殿的走廊上。正殿背后，有一个结着薄冰的曹源池。有时，我也坐在池畔的岩石上参禅。待到腊八接心①结束时，我已经连站都站不稳了。现在想来，当时应该没有别的原因，主要是营养不良、过度疲劳、睡眠不足导致了极度的神经衰弱。

腊八接心那天，一早等成道会②结束后，我便立刻离开了天龙寺，奔向大津。成道会一结束，我就走了，所以大概是八点吧。寺院里，四处都是松树墩子，上面薄薄地落着一层白雪。那天早晨十分寒冷，耳朵和鼻尖都冻僵了。即使在嵯峨，这么冷的天气也十分罕见。我身着云游僧人的棉衣，赤脚穿着木屐，从嵯峨出发，经过北野进入京都，然后穿过山科前往大津。当年，我一刻不停地大步行走在今天乘车经过的京津国道上。我至今依然记得，当我从山科一家名叫

---

① 腊月初八是佛祖释迦牟尼的成道日，寺院在这一天举行纪念活动。
② 纪念佛祖释迦牟尼成道的法事。

"兼代"的鳗鱼饭店铺前走过时,雪纷纷扬扬地飘落着,强烈的饥饿感向我袭来。

那个时候,我为什么要前往大津呢?现在已经记得不太清楚了。如果说是想起了几年前在《摄影画报》卷首画页上见过的比良山,向往之余动身前往的话,不免有些事后附会的味道。我很可能是去琵琶湖求一处葬身之地。或者,也可能像个梦游症患者一样,晕晕乎乎地来到琵琶湖,望着湖面,突然起了寻死之念。

那天可真是冷呐!我进入大津之后,便取道向北而行,沿着湖畔一直往北走去。死神与我一路同行。我的右边是一望无际的琵琶湖,冰冷的湖面不见一丝涟漪。不时有野鸭三五成群地从岸边枯萎的芦苇丛中腾空而去。

前方可以望见叡山。在更遥远的前方,白雪皑皑的群峦叠嶂,醒目而美丽地屹立着。一路上,我见惯了林木稀疏的嵯峨群山的平缓曲线,而眼前的峰峦则以一种别样的险峻之美映入了我的眼帘。我跟途中遇见的商人问了问,才知道它就是比良山。我不时停下脚步,跟死神一起望着比良山。远远地,比良山的山脊线充满了神圣庄严之美。初次见面的比良山,让我看得入迷。

傍晚,我终于来到坚田的浮御堂①。一整天,时断时续

---

① 位于琵琶湖畔的海门山满月寺,以近江八景之一"坚田落雁"闻名。

地飘舞着的白色雪花，从那时开始下大了。稠密的雪花一刻不停地下着，开始吞噬整个天地。我久久地站在浮御堂回廊的檐下，湖面已经彻底从我的视野中消失了。我用冻僵的手从褡裢里取出钱包，解开带子一看，里面露出一张五元的钞票。我攥着这张钞票离开浮御堂，来到了湖岸边上的一家旅馆。这家旅馆虽然颇具规模，但莫名有几分驿站客店的感觉。我迈步走进了宽敞的门厅。它便是现在的灵峰馆。

我站在门厅，把五块钱递给了正在账房里用被炉取暖的老板，跟他说要在这里住一宿。他是个剃着光头的中年人，跟我说房钱可以明天再付。可我硬是把钱塞了过去，老板一脸疑惑地盯着我，态度突然变得殷勤起来。一个十五六岁的女佣端来了热水。我坐在玄关入口处，撩起衣服的下摆，把冻得通红失去了知觉的双脚浸入盆里的热水中。这时，我才缓过气来了。接着，我便被带到了这家旅馆最高级的客房。夜幕沉沉，已经是掌灯时分。

我一言不发，在老板娘的照料下吃完晚饭，便背对着壁龛开始坐禅。当时，我已经下定决心，准备第二天早晨从浮御堂旁边的悬崖跳下。像石头沉入水中一样，这五尺之躯会静静地沉入湖底么？我感到不安。我反复地想象着自己横躺于湖底的尸体，想象着那是一个男人格外伟大地死在那里。

那天夜里，四周一片静寂，不亚于天龙寺的禅堂。寒意逼人，甚至于身子一动就感到刺痛。连着好几个钟头，我一直在那里坐禅。拂晓时分，我突然回过神来，感觉身体非常疲劳。我结束坐禅，上了趟厕所，然后躺了下来。房间的角落里铺着床，但我没去碰它，就在榻榻米上枕着手，准备在天亮之前，打个一两小时的盹儿。

突然，传来"嘎"的一声尖叫，像是要撕裂喉咙一般。这一定是夜禽的啼声。我抬起头来，四周跟方才一样，万籁俱寂。正想重新入睡，"嘎"地又传来了一声。我觉得那声音似乎就是从枕旁的檐廊下方传来的。我站起身来，点上纸座灯，来到檐廊，打开了一扇遮雨窗。外面一片漆黑，纸座灯的光线只能照到檐前一块狭小的空间，细细的雪花正不断地飘落。我正想从扶手探出身去，看一眼黑魆魆的下方时，"嘎"地一声，比之前更为响亮的尖叫从近处响起。只见一只鸟从屋檐下方的湖岸飞起，它猛烈地拍动着翅膀，发出巨大的声音。虽然看不见它的身影，但那振翅声充满力量，让我震撼不已。湖上雪花纷纷扬扬，鸟飞进了那片夜色之中。我怀着几乎是畏缩的心情，在那里伫立了许久。

这是一种生命力么？一只夜禽所具有的强大生命力让我震惊。这一刻，死神离我而去。

第二天，我没有寻死，冒着大雪，再次徒步返回京都。

我第二次在坚田望见比良山，是启介出事的时候。那是难以忘怀的大正十五年的秋天。

那年我就任Q大学医学系主任，所以当时我是五十五岁。从那时候开始，一直到我六十岁从大学退休，对我而言，是一生中聚集了诸多不快之事的时期。先是启介出事，第二年美纱过世了。然后，弘之结婚、京子嫁人，这些都不见得让我舒心。接着，定光开始左倾。另一方面，我自己在担任医学系主任期间，整日充当高级杂务员，中断了重要的研究工作，每天都在焦躁不安中度过。

启介的事情，完全是个晴天霹雳。R大学来了通知，美纱去学校一看，发现原来启介因为女人问题，即将被学校开除。我在书房听美纱说了这个消息之后，几乎不敢相信自己的耳朵。启介从小意志比较薄弱，学习成绩时常居于中下，所以大学考进了不怎么出名的私立R大。他性格比较内向，但身上有着其他孩子所没有的老实温驯。我一直以为他的品行是极为端正的。这事跟对象也有干系，他居然让一个来路不明的十八岁女招待怀了孕，真是无法无天！

我想这事不会见报了吧，便打开了当天的晚报，发现在一个"大学生的桃色游戏"之类的标题下，我闻所未闻的启介的不端行为被大肆报道。报上用的虽然是假名，但一看就知道写的是我，还说该学生父亲身居教育界要职，担任某大学系主任。我作为教育家的颜面尽失,但这也无所谓,我本来就不认为自己是个教育家,不过是一介学徒。可是,我作为一个父亲,为自己的儿子犯下了一名学生不该有的不端行为,感到十分痛心。数年之后,定光出现了左倾问题,虽然我也感到非常棘手,但还有可挽救之处。而启介的问题则丝毫没有聊以自慰的地方。

那天晚上,我一步也没有走出书房。天黑后,茶室那边传来了有人跟美纱说话的声音。应该是启介回来了,那娇气的样子,我一听就知道是他。我仔细地听了听,启介像是在吃饭,有使用餐具的声音。

我走出书房,沿着走廊来到茶室,打开了拉门。启介盘腿而坐,身上学生制服的所有扣子都解开了,露出白色的衬衫领子。他正在美纱的伺候下吃饭。我一看到他,便火冒三丈。

"滚出去!家里没有你这样的混账东西!"

启介正了正姿势,垂下那双天生温和的眼睛,老实恭敬地坐着。

我再次命令道:"滚出去!"

启介乖乖地站了起来,走到走廊上,然后上了二楼,回自己的房间去了。

我没想到他居然真的离家出走。九点左右,美纱上二楼一看，启介已经不在了。

美纱从第二天开始，就伤心过度，连饭也吃不下。可我却几乎没怎么在意，相信他很快就会回家，因为他就是那种没出息的家伙。

美纱好像是从什么地方打听来的，说那个年轻的女招待小小年纪相当厉害，之前已经生养过孩子，启介完全被她玩弄于股掌之中。我说，不管是自己骗了对方，还是被对方下套，结果都一样。

果然不出我所料，启介在离开家后的第三天，往家里打来了电话。当时，我恰巧在电话间隔壁的书库里寻找旧的医学杂志，听到弘之压低了声音在讲电话，觉得非常奇怪。弘之离开了电话间，在走廊上同美纱嘀嘀咕咕地说着话。我走了过去，问道："刚才的电话是启介打来的吧？"他们俩都不作声，过了一会儿，弘之回答说："是的。"他们俩可能本来想瞒住我。问了一下，我才知道，启介现在跟那个问题女人一起住在坂本的湖畔酒店，他让弘之送笔钱过去。

第二天下午，我不顾美纱的担心，乘车前往湖畔酒店跟启介会面。在酒店接待处，我请工作人员帮忙把启介叫出来。这时，一个短发女郎趿着拖鞋啪嗒啪嗒地从对面豪华的楼梯上走了下来。她身穿一件铭仙绸或其他什么布料的和服，系着一条红色的腰带。该说衣衫不整，还是一副孩子气呢？总之是一身奇怪的打扮。她走到楼梯的一半，朝这边望过来的视线刚好跟我相遇了。只见她倏地脸色一变，水汪汪的一双大眼睛注视着我。接着，她转过身嗵嗵嗵地往二楼跑去，动作敏捷得像一只松鼠，看不出是个怀孕的女人。

不一会儿，启介面色阴沉地下楼来了。我跟启介一起来到楼下的会客室，隔着桌子相对而坐。我把钱包递给他，里面装有他要的那笔钱。

"你今天先回家，暂时一步也不许走出家门，不准你跟那个女人再见面。你母亲改日会去见她的。"我说道。

"可是——"启介一副为难的样子。

"你马上就回家。"我再次重申。

于是，启介提出让他考虑到明天早上再说。我气得浑身发抖。那天，酒店好像是在举行婚礼，周围有好几个盛装打扮的男女，他们都用好奇的眼光看着我们。我站起身来，说道："好，你是要那个一文不值的女人，还是要你的父亲，明天回答我。"

然后，我要求他明天中午之前，带着答复到坚田的灵峰馆来找我。

"是。"启介老实地回答道，"对不起。"然后，他就上二楼去了。我请酒店的工作人员帮忙往相隔不远的灵峰馆打了个电话，然后乘车前往阔别三十年的坚田旅馆。启介的事情让我身心俱疲。第二天恰巧是星期天，所以我想在这里充分休息一下。

三十年过去了，老板年事已高。他过来客房跟我寒暄。面对面说着话，他往日的模样渐渐地浮现在了我的脑海里。我从这里给家里打了个电话，把事情简单地跟美纱说了一下。时隔多年，我独自度过了一个既不读书也不写字的安静夜晚。离野鸭上市还早了一点，所以没能吃到野鸭火锅。不过，油炸鱼的味道不错，那是用湖里捕到的鱼做的。那天夜里，我睡得很香。

第二天上午十点，我很迟才开始吃早餐。这时，京都的家里打来电话，美纱异样的声音从电话里传了出来。

"酒店刚才来通知，说启介他们今天早上投琵琶湖自杀了。你马上到酒店去看一看吧。我们也立刻从家里出发。"

我不禁愕然。我想，这傻瓜都干了什么呀！启介选择了那个女人，抛弃了我。这也就罢了。一想到他用殉情这种讽刺的行为，来回答我这个父亲，就觉得难以忍受。

我终究没去酒店。

三点左右，弘之出现在了坚田旅馆。当时，我正坐在檐廊的藤椅上，一转头，发现弘之面容苍白，正一脸厉色地瞪着我。

"父亲不觉得大哥可怜么？"

"当然可怜,愚蠢得可怜。"

"大哥他们的尸体,目前还没有找到。有很多人都在帮忙。我们也得顾及他们的人情,请父亲到酒店去看一看。"

扔下这些话,弘之便不客气地转身回去了。他来我这边,仅仅就是为了说这番话。

过了一个钟头左右,美纱和京子、京子的未婚夫高津来了。美纱一进屋,就冲到我跟前,想要趴在我膝上。但她又立刻改变主意,走到房间的角落里,俯伏下去,久久地一动也不动。我非常明白,她是强忍着不要哭出声来。

"天黑前能捞上来就好了——"高津说道。他说的是启介他们的尸体。

我对高津他们出现在这个场合,感到非常不快。我本来就反对京子和高津之间的婚约。他的父亲高津文四郎在大阪是数一数二的实业家,但终归是个没有教养的暴发户,根本不把学者放在眼里。那种目中无人的傲慢,让我非常讨厌。初次见面的时候,他说什么我那点出版费他掏得起。美纱和孩子们去了一趟他们家,便一下子都拜倒在金钱的威力之下,说他们家宅邸如何宽敞,客厅如何气派,八濑和宝冢的别墅如何如何,家里的气氛突然活跃起来。我对此感到不愉快。

此外,高津虽说去法国留学了三年,却只会说说卢浮宫。他不读书，但也不喝酒。又不是个画家，却整天四处去看画，碌碌无为，虚度光阴。人家还没表态是否同意将女儿许给他，他就不管刮风下雨，一到周末就上门来玩。这是个超出我理解范围的人物。当我对婚事提出反对时，京子第一个开始哭哭啼啼。这也让我颇感意外。我跟美纱以及孩子们一商量，发现他们全都赞成京子和高津的婚事。除了我之外，高津给家里所有人都留下了好印象。启介和弘之都对学问不感兴趣，定光也指望不上。所以我想，至少要把京子嫁给一个献身学问、正气凛然的学者。然而事到如今，我不得不断了这份念想。

这些暂且不谈，婚礼正式举行之前，在三池家家庭内部发生如此大事的时候，高津满不在乎地露面，我十分不悦。

"让你母亲一个人待一会儿，京子先回酒店去。"

我说道。京子和高津让旅馆备好盒饭，吵吵嚷嚷地叫来汽车，两人一起离开了。那种作派，让我觉得他们就是来玩耍的。

他们俩走了之后，房间静了下来。我本想跟美纱说几句安慰的话，但冲口而出的却是叱责的言语。

"启介变成这个样子，你也有罪过，都是你给惯出来的！"

美纱像是死了一般俯伏着。

"弘之也好，京子也好，孩子们一个个都不成器，我再也忍不下去了！"

美纱仰起脸，摇摇晃晃地站了起来。她刚走到檐廊，只见她一只手按住太阳穴，身子靠在那边的柱子上，然后朝我转过脸来。美纱静静地注视着我的眼睛，这是她唯一一次这样地看我。接着，美纱像是彻底崩溃了似的，一下子坐在了檐廊上。

"你也有一半罪过。你为孩子们做过什么呢？"

随后，这个一向沉默寡言的女人，突然开始絮叨起来，让人觉得她有些异常。

"孩子们小的时候，你一直在德国留学。原本是留学三年，你却待了八年。后面的五年，你不给文部省和家里一点儿音信。那段时间，我们过的是什么苦日子，你根本想象不到。"

美纱说的没错。三年的留学经费，我省吃俭用，硬是用成了八年。脑子里没有妻子儿女，没有家庭。我住在廉价公寓里，啃着黑面包，一心向往着爬上遥远的学问之巅——那如同阿尔卑斯山般的高峰。如果没有那段经历，就不可能有我今天的成就。

美纱还说了这样的话：

"研究，研究，连星期天和节假日都没有。一有空，就摆弄尸体。一回到家里，就嚷嚷着尸体臭气熏人，要喝酒。喝了酒，要是能说上一两句笑话也好，可你却一边喝酒，一边一个劲儿地写德语。你为孩子们做过什么呢？你看过学校发来的成绩单么？你带他们去过一次动物园么？我和孩子们成了你做学问的牺牲品。"

在长年贫困的生活中，美纱不讲究吃穿，一直支持我从事研究。她今天如此反抗，也是让我十分意外。

我不想再听美纱抱怨，开口说道："别说了！我把自己也给牺牲了！"

我坐在檐廊的藤椅上，再次呆呆地望着湖面。早晨起床后，我已经这样坐了好几个小时了。抬眼望向湖面上方，只见十月的比良山染上了一层别有韵味的秋色，山脚延绵，静静地落落大方地坐在那里，仿佛要拥我入怀似的。

"我到酒店那边去。不知道你昨天说了什么，那孩子一定是怀着对父母的恨死去的。"

美纱冷冷地说完，便一下子站了起来。可能是泪腺已经干枯了，她没有眼泪，面容异常光滑。她披上披肩，粗暴地收拾好东西，随即朝我背过身去，就那样走出了房间。仿佛永远不会再回到我身边似的。

一种无法形容、难以忍受的寂寞向我袭来。就这样好了！我站了起来，但又坐了下去。什么就这样好了，我也不知道。

我叫来旅馆的老板,跟他要了一个笔记本。我想打个草稿,给已经多年不曾想起的谷尾海月写一封信。谷尾海月既不是解剖学者,也不是人类学者。我在德国斯特拉斯堡的施瓦尔贝老师身边学习了七年,主要是一边研究儿斑(儿童青斑),一边为自己的毕生事业——软组织人类学夯实基础。然后还有一年时间,我在荷兰的莱登博物馆里,测量了大概一千个菲律宾人的头盖骨,这在我的工作中,算是一个顺道的事儿。在这个莱登时期,在一家日本女人经营的小酒馆里,我认识了谷尾海月。当时,那家小酒馆是日本学者们的聚集地。

谷尾比我年长一些,是个与众不同的僧人,在莱登博物馆从事梵文研究。他喝起酒来,颇有些仙风道骨,用"酒仙"一词来形容可谓最为恰当。我非常喜欢他这一点。不管喝了多少酒,他的脑海里也只装了研究的事情。我不知道他研究的究竟是什么,他也同样不知道我研究的是什么。可是,我俩情投意合,都懂得学问的珍贵,互相尊重对方作为学徒的人格,肝胆相照。当我离开莱登的时候,谷尾海月想把他最好的东西,作为礼物送给我。他问我想要什么。我回答说:"你死后,让我解剖你的尸体。"

海月当场提笔在八裁纸上写下了遗言:"我的尸体赠与

解剖学者三池俊太郎。"他给自己和我各写了一份，并且在自己那份上面写道："亲属不得相争。"

大正元年，我在莱登博物馆门口与海月道别。自那以后，我再也没有见过他。但是，我听说他比我晚几年回到了日本，在信浓的一个小寺院里担任住持，如今依然健在。如果到大学的佛学教室去打听一下，应该会知道隐居的老佛教学徒谷尾海月的地址。

我想借着给海月写信，度过今天这一天。我觉得，如今这个世上，唯一一个可以称之为诺言的约定，只有解剖海月的尸体这一个了。除此之外，任何人与人之间的交往或人际关系，都是不可信赖的。

然而，我提起笔后，却不知道该从何写起。时隔多年，在今天这一刻，对海月深深的人性之爱，炽热地朝自己席卷而来。这究竟是怎样的一种情感，我难以表达。

我放下笔，抬眼一望，琵琶湖沐浴着秋日的夕阳，散发出美丽的光芒。在遥远的东边的湖面上，静静地漂浮着数十艘小艇，如同落叶一般。启介和那个少女的——是的，那个跟启介一起殉情的女人，我曾经在湖畔酒店的楼梯上见过她。对我而言，不管怎么想，她都只是个少女。——那些浮在湖面上的小艇，或许正在寻找启介和那个少女的尸体。

结果，我没有给海月写信。我靠在檐廊的藤椅上，仿佛在忍受些什么似的，一声不响地面对着湖面。到了夜里，我回到屋内，端坐在桌前。我不时站起身来，走到檐廊，看看东边的湖面。那里有数十艘的小艇点着小小的灯火。那些灯火像是装饰彩灯一般，一动不动地待在同一个位置，直到深夜。

我第三次，也就是上一次在这里望见比良山，是在日本有史以来最黑暗的时代。我的心，世上所有人的心，都被毫无希望的黑暗笼罩着。

空袭不知何时会降临。报纸和电台不断地动员人们疏散，战局一天不如一天，暗淡的明天压在所有日本人头上。昭和十九年，就在那样一个春天，我在春子最小的妹妹敦子，一个女校五年级的学生的带领下，来过坚田。离启介出事，已经有近二十年的岁月过去了。

当时，我跟女佣两个人，一起生活在京都吉野的家里。那年正月，弘之被调动到金泽分店工作，春子和四个孩子也一起离开京都，搬到金泽去了。虽说是工作调动，但弘之是有疏散的念头，所以主动要求调到乡下去的。弘之有四个孩子，最大的才七岁。这对他而言，可以说是理所当然的选择。

把我一个老人独自留在京都，弘之和春子好像都感到非常不安。他们再三执拗地劝我跟他们同行，但我没有答应。他们似乎认为这是因为老人家固执，其实不然。我舍不得自己的工作。不管谁说什么，我一步也不离开自己的书房。

弘之说了，活着才能做研究。可是，在我看来，只有做研究，活着才有意义。对我而言，工作就是一切。离开大学，我的工作就无法开展。我必须去解剖学教室，大学图书馆和研究室的书库，也是必不可少的。如果离开京都这块土地，我的研究将陷入停滞。

弘之说过，活着才能做研究，七十三岁的我心情更是迫切。那时候，每天早晨，当我坐在桌前准备开始工作时，我的血管便会浮现在眼前。我知道，我的血管已经处于非常脆弱的状态，用手指一捏，立刻就会像饼干那样变得粉碎。抛开战争，我也在跟自己的生命竞争。我觉得，活着一天，就是赚了一天。即便进展顺利，要完成《日本人动脉研究》，也得我能活到九十三岁。对我而言，彻底完成这项工作，终究是种奢望。但是，我想至少多写一章是一章，多写一节是一节。因此，我准备把自己的著述分成几册，逐次付梓，把已经脱稿的部分先送往印刷厂。可是，我面临的局势是，连那些印刷厂也可能随时关门。

此外，即使我的部分著述有幸得以出版，将这些书送往国外的途径，可以说完全都堵死了。我曾经以为，在德国驻神户领事馆的斡旋下，好歹能够将书送到轴心国的大学去。可是，从欧洲的战局来看，我这最后一线希望，恐怕也要落空。

那个时候，我整日伏案工作，珍惜每一寸光阴。写了就好，只要写了放在那里，终有一天会有办法解决。在我死后，经过几年或几十年，通过某种途径，我的工作终将会获得世界上学术界的正确评价，成为一块不朽的丰碑。而且，会有许多学者继承我的研究，最终完成软组织人类学的事业。我这样想着，坚信不疑，不断地鞭策自己。

但是，尽管如此，我那时常常梦见自己的草稿被火焰吞没，熊熊燃烧，与青烟一起升上高空。每当那个时候，一梦醒来，我总是泪湿双眼。

那段时间，我非常讨厌从大学附近一家小小的旧书店门前经过。我知道，在那家店的角落里，堆着一捆跟京都地志相关的草稿，落满尘埃。那部草稿是用毛笔精心地誊写在和纸上的。我不知道它是由何人所写，内容价值几何。但不管怎样，它是某人孜孜不倦地付出巨大努力之后的成果。从我发现它那一天开始，近三年来，它一直扎着细绳，以同样的方式搁在书店的同一个地方。一想到我那《日本人动脉系统》的草稿，跟数百张的图版一起，也会遭遇那本京都地志草稿一样的命运，我便心如刀绞。每当我从那家旧书店门前经过，不免想到自己的著述可能的惨淡未来，便内心黯然。

那个时候，每逢星期天，春子的妹妹敦子便会从芦屋过来。也许是为了安慰我这个独自工作的老人吧，她每次都会从小手帕里掏出自己烤制的面包，或是把两三个当时非常珍贵的苹果整整齐齐地摆在我的桌子上。

不知为什么，我很喜欢这个叫敦子的十七岁的姑娘。她跟喜欢花哨的姐姐春子不同，是个稍微有点消沉，但非常纯朴开朗的少女。我对孙子们总是感受不到什么亲近之情，唯独对这个毫无血缘关系的敦子，却有一种不可思议的亲如骨肉的暖意。敦子似乎也挺喜欢我这个老头子。

那天，我正在院子里散步。平日里，**我都是吃过早饭就开始工作，但那一天比较特殊。我在院子里胡乱地走着**。春日早晨的阳光透过灌木丛，明媚地洒在地上，可我的心却被一种冷漠、暴躁的情绪所占据，说不上究竟是**愤怒**还是寂寞。为了让自己平静下来，我只好在院子里**来回地踱步**。

我的情绪之所以如此波动，是因为当天的**报纸大事报道**了文化勋章获得者名单公布的消息。从人文科学、自然科学两大领域，选出六位学者，作为最高荣誉，由国家颁发给他们文化勋章。

我看了一会儿他们的照片。所有人胸前都**佩戴**着勋章，站成一排。啊！我也想要一枚这样的勋章，像这样得到表彰，像这样被称颂业绩，像这样得到国家与人民的尊敬、关心与理解。过去，我从未羡慕过名声与物质，但是这一刻，我也想让这世间的荣誉落在我瘦削的肩上。

我的事业难道不比这六个人的伟大么？我把报纸放在茶室的餐桌上，回到书房，在书桌前坐了下来。但是，我马上又站了起来，走出书房，来到了院子里。这难道不是为我的毕生事业画上句号，且值得国家予以表彰的一件事情吗？我的工作难道不配得到政府的称赞、国民的尊敬、国家的保护吗？——如今，哪怕是再渺小的荣誉，我也想要得到。哪怕是再微不足道的名声，我也想把它紧紧抓住。

不论如何，必须让人们在心中铭记住三池俊太郎的名字，必须让更多的人知道三池俊太郎所作的研究的价值。然而，我的生命在流逝，国家将要灭亡。我的数千张草稿前途堪忧，命运叵测。我毕生的事业，可能在尚未获得人们的正确评价之前，便化为乌有。"施瓦尔贝老师！"突然，恩师的名字脱口而出，我潸然泪下。

这时，大学办公室打来了电话，说是文化勋章的获得者之一K博士的庆祝会明天将在大学召开，让我在会上代表名誉教授发表贺辞。我拒绝了。

过了不到五分钟，这回是我教过的学生、医学系的横谷教授打来电话，还是拜托我刚才那件事。

"我没那个时间给别人写贺词，还有一堆自己必须干的工作。我已经一大把年纪了，明天死了都不奇怪。"我说道。

横谷有些惶恐，就此作罢。

我刚把话筒放下，不知是哪家报社又打来了电话，还是请我就某个勋章获得者说几句话。

"我对自己工作之外的事情没有兴趣。就算你特意上门也没用。"

说完这些，我便挂了电话。照此看来，可能还会有电话继续打来。所以，我把话筒给摘了下来。

我又走到了院子里。我沉浸于一种莫名的愤懑、悲伤与孤独之中，在院子里来回踱步。正在这时，敦子身着水兵服和劳动裤，从院子中央的灌木丛中钻了出来。她的脸上绽放着花儿一般天真无邪的笑容（我当时真是这么想的）。敦子把一些食品放在了檐廊上，说是家里人让她捎来的。

"伯伯，咱们一起去琵琶湖怎么样？"她说道。

"琵琶湖？"我对她突如其来的提议感到有些愕然。

"一起去吧！我想去那里坐船。"

虽说是战争时期，但春日煦暖的阳光，让这个少女格外开朗活泼。我自己也觉得非常不可思议，那时候我居然对敦子的说法毫无异议。

"好吧，那就带我去琵琶湖走走吧。"

我说道。今天我能做到的，便是听从这个少女的指挥，跟着这个少女去她想去的地方，仅此而已。说实话，我当时的心情就是这样的。

在京津电车三条站的站台，让过好几趟电车，才终于来了一辆有空位子的。我们上了车，前往大津。自从启介出事之后，我已经二十年没有见过琵琶湖了。我在大学任职期间以及后来的时间里，因为宴会或者其他事情，有过几次来大津的机会。但是，自从启介出事以后，我就不想再见到琵琶湖，总是避免到这边来。

然而，当我在敦子的带领下，来到琵琶湖，我的心就被琵琶湖的美深深打动了。岁月真是可怕，启介的自杀在我心中留下的创伤，不知何时，已经消失了。湖面像是撒下了一片片小小的鱼鳞似的，在正午阳光的照耀下熠熠生辉。敦子说了想来这里坐船，的确，湖面上小船和小艇四处可见，仿佛只有此处没有战争的阴影。

我望着坐落在湖对面的比良山，突然想去坚田看看。恰好来了一艘开往坚田的汽船，我便邀请敦子一起登上了汽船。

大概三十分钟后，汽船到达坚田。我们两人在灵峰馆稍事休息。那天，灵峰馆里老板的家人都不在，只有一个态度冷漠的女招待。走廊的玻璃窗破了也没有修好，当时不管哪里的旅馆都这样，整个宅邸一片荒凉。

走出灵峰馆，在码头附近，敦子让我登上小艇。我生平第一次乘坐小艇。敦子从船老板那边借来一个薄薄的坐垫，把它垫在我的腰下，然后拉过我的手，让我攥住了船舷，说道："手抓在这儿。"

湖上一只船也没有。小艇载着我们俩，静悄悄地在湖面滑行。敦子挺起胸膛，用力地握桨划船，额上沁出了汗水。

"伯伯，开心么？"

敦子问道。船桨击起的飞沫溅在我的脸上，且寄身于这极不安全的小舟之上，未必觉得舒适，但我还是回答："啊，痛快！"不过，我严厉禁止敦子把船划得离岸边太远。

从湖上望去，岸上四处樱花绽放。或许是因为没有尘埃，眼前一片阳春四月的风光，不带一丝腥味，透着一抹凉意。比良山也非常美丽。

小艇附近，一条鱼儿跃出水面。"呀，鱼儿！"敦子瞪大了眼睛，不断用力地挥桨，把小艇往鱼儿跃出的地方划去。我看着敦子的一举一动，突然想起了二十年前在湖畔酒店的楼梯上一晃瞥见的那个十八岁女子。我前后只见过她一面，她跟启介一起殉情了。我总觉得敦子身上有她的影子。或许是因为敦子看到鱼儿跃出时流露出的少女夸张的惊讶表情，或许是因为她划船时敏捷的动作，总而言之，一瞬间，敦子和那个女子的身影重叠交错，混为一体，我感到了一种眩晕。那个女子可能是跟敦子一样的少女。我发现，对于那个夺走启介的女子，我如今没有一点恨意，反而抱有一种近似于亲情的感觉。这种感觉，我对启介都不曾有过。

当年吞没了那个女子和启介的湖水，现在正包围着小艇。我凝望着湖水，把手从船舷伸了出去，浸了水中。湖水比我想象的更加冰凉，它从老人干瘪的五指间缓缓流过。

敦子已经不在人世了。战后的斑疹伤寒轻易地夺走了她的生命。美纱也过世了。我曾经讨厌的京子的公公高津文四郎也离开了人世。谷尾海月在停战那年也死了。好人坏人都没了。

海月过世的时候，关于尸体解剖一事，信浓的谷尾家曾经即刻来询问过。由此看来，海月并没有把他跟我在三十四五年前所做的约定视为戏言。不过，当时因为时机不对，我束手无策，所以无法实现当初在莱登跟海月许下的诺言。

或许是天黑了的缘故，从湖面吹来的风，让我觉得有些凉意。尤其是脖颈和膝盖，格外冰凉。虽说现在是五月，却让人想要套上一件毛衣或者丝绵袄。今天，耳鸣显得格外厉害，仿佛风声一般。不过，实际上，风也的确刮得猛烈。

这会儿，因为我的失踪，家里应该人仰马翻了吧。让他们好好想想吧。说不定大学的横谷和杉山都接到了急报,觉得这是恩师的重大事情,便都赶到家里来,一脸奇怪的表情吧。横谷和杉山如今作为大学教授,都颇有名望。但是,他们一点都没有继承我的学者性格。关于我工作的价值,他们丝毫没有从本质上理解。一看到我,便恭维我"三池老先生,三池老先生",但恭维人不是本事。在我面前口口声声"老先生,老先生",背地里都叫我"老头儿,老头儿"吧?我总觉得是这么回事。我知道,战争期间,那两个人要不忙着搞大学疏散工作,要不负责动员学生,可以说完全脱离了研究事业。我虽然没有吭声,但觉得他们作为学者已经走到了尽头,心里非常失望。所谓学究绝非他们这样的人。

租船处有个粗陋的栈桥,我曾经跟敦子一起在那里登上小艇。只有那里荡漾着小小的涟漪。仔细一看,湖面上也起了波浪。出租用的小艇上,白色的旗帜随风飘扬。那白旗现在还没被收起来,看来应该是被遗忘了。近来,我看到一些本该收好的东西没被收好,便会非常在意。没收得整整齐齐,我就不会安心。我本来不是这种脾气的,是家里人把我变成了这样。我从书房可以看见春子晒在外面的衣服,如果我不说上几遍,她便不会收回去。弘之把贴好邮票的信件搁在桌子上,一忘就是好几天。京子和定光也有责任。不仅是家人,研究室的那些家伙也是如此。拜托他们做一个关于淋巴腺的简短报告，时间过去一年了，结果把中期报告送来给我的，是一个年纪最小的旁听生。

啊！我什么都不想了。想来想去会让人疲惫不堪。除了《日本人动脉系统》之外，我什么都不想了。因为这无聊的事情，浪费了今天一整天的时间。到了晚上，必须把这部分的工作补回来。工作、工作，老学徒三池俊太郎只要还有一口气，就必须工作。今晚夜深之前，必须把第九章的图版说明写出来。如果说明写不出来，至少得把标题处理好。对了，让女招待把酒端过来先放着，等写完后睡觉时，喝上几杯。拿四两好酒来，酒壶要好好洗干净。——以前一个小时就做完的工作，最近我要花上一天。有时甚至需要两三天。衰老真是令人可怕！

五十年前，在这个房间里，我曾经一心寻死。年轻时，无欲无求。如今，我渴望着哪怕多活一天也好。施瓦尔贝老师和东京的山冈教授都过世了，他们都死不瞑目吧。他们都想多活一天，再多做点工作。谷尾海月也是如此。他曾经心怀大志，想要编写一部梵文辞典，但终究未能如愿。本来，所谓宗教家，说到生死问题，或许跟常人有所不同。——但是，海月绝非宗教家。他是一个学者。正因为他是学者中的学者，所以我才喜欢他！海月应该也是死不瞑目吧。说是悟道，但所谓的悟道，归根到底不过是怠惰者装饰门面的念佛。人只要活着，就必须勤勤恳恳地工作。除了工作，人生下来还有何种意义？人生下来，不是为了晒太阳。人生下来，也不是为了贪图幸福。

今天，我想看一看比良山。非常想看比良山。那时候，我赶走了春子，想让自己的怒气平息下来，便点了茶。可是，尽管我在点茶，心里的疙瘩却依然还在。我喝完一碗茶，把萩烧茶碗搁在膝盖上时，不曾想，比良的山容倏地浮现在了我的心里。接着，当大森屋的掌柜进了门，玄关处的门铃响起时，我便下定了决心。比良山以一种不可抗拒的力量，在远方召唤着我。这半天来，我待在这里，尽情地欣赏着比良山。白天，色彩曾经那般浓郁的比良山脉，从方才开始，突然变得淡薄起来了。相反地，它与天空之间的界线，反而愈见鲜明。恐怕不到一个小时，这一切便将全部消融于暮色之中。

今天乘车经过京津国道时，蹴上的杜鹃开得很美。同属于杜鹃科植物，眼下石楠花或许已经开满了比良山顶。在那山顶的某处斜坡上，白色的花儿正在绽放。大朵大朵的白色花儿一齐盛开，铺满了整个山坡。啊！倘若能够眠于那山巅上香气四溢的石楠花丛下，我的心该是多么的惬意。我仰望着夜空，四肢舒展，啊，只是想象就已经神清气爽。似乎只有在那里，我的心才能得到安慰，才能心旌摇曳。时至今日，我本该试着攀登一次比良山。可是，事到如今，已经不行了。我已经不可能爬上那座高山的顶峰了。对我而言，这比完成《日本人动脉系统》还要艰难。

雪天里，穿着棉衣来这里投宿的时候，启介出事的时候，和敦子一起划船的时候，我都望见了比良山。我总是望着比良山，却从未想过要登上比良山。为什么我从未有过这个念头呢？也许是季节不对？不，不是的。我觉得，或许是因为直到今天，我还没有具备攀登那座山的资格。

昔日，当我看到比良山上的石楠花的照片时，我就期待着有朝一日能够登上比良山巅。那一日或许就是今天。可是，如今即使再怎么想攀登，对我而言，也已经是不可能的事情了。

好了，回房间吧。让他们尽快把晚饭送来，我必须开始工作了。听不见孩子们的吵闹，如此安静从容的傍晚，已经多少年没有见过了。好像哪里传来了铃声。是老人耳朵的错觉么？在耳鸣声中，我确实听到了铃声。不对，还是听错了吧。当年，在德国特里伊贝鲁菲的山中小屋里（当时，我跟施特尔达博士一起去那里撰写论文，目的是针对他在西伯利亚发现的红色骨骼展开讨论。）我曾经一边工作，一边听着挂在牛头上的铃铛发出的声音。那声音真是美妙啊。方才那个铃声，或许就是数十年前的那个铃声，出于某种原因，让我想起了它，听到了它。

　　快点让我吃晚饭吧，我必须工作。我必须投身到那片珊瑚林般红色的血管图谱的世界中去。

译后记

倘若终究难得圆满,你是否依然愿意孤勇上路?

在译完三篇作品之后,这个问题盘旋在译者的脑海中,久久不去。

以往,译者在听到井上靖这个名字时,首先想到的是《敦煌》《楼兰》等气势恢宏、历史色彩十分浓郁的作品。在译者的印象中,井上靖文风严肃、思考深邃,对中国文化的情感十分深厚。在翻译完《猎枪》《斗牛》《比良山上的石楠花》之后,译者对井上又有了更多的认识。

三篇小说风格各异,译者在刚刚接过翻译任务时,心中颇有些困惑:为何这三部作品会出现在同一本集子里呢?待酣畅淋漓地译完第三篇作品《比良山上的石楠花》时,译者顿时萌生出一个想法:其实,这三篇作品彼此相映成趣,恰似不同风格的乐章交织成了一部人生交响乐。

《猎枪》是井上靖的成名作,看似平静如水的娓娓叙述下,隐隐约约地延绵着多年的秘密与狰狞的伤痕,每个人物的细腻心理可谓隐晦曲折、层峦叠嶂。井上笔下那杆"猎枪"的冰冷寒意，透过文字，我们仿佛触手可及。此外，作品中那些阴郁壮阔的海边风景、精致华美的和服花纹，或凝重，或明艳，让读者从中领略到了一种油画般的质感。

《斗牛》则围绕着战后初期大阪新晚报社举办斗牛大赛一事，展示了日本战后初期艰难时世下的世情风貌。主人公津上冷酷精明、精于博弈，与狡狯的投机商人田代勾心斗角，却最终在"万事俱备，只欠东风"时，遭遇恶劣天气，功亏一篑。人事与天意之间不可跨越的鸿沟，令人读过之后，顿生几分苍凉。

《比良山上的石楠花》是本书收录的最后一个短篇，也是译者个人最为喜欢的作品。井上塑造了一位倔强执拗的老学者三池俊太郎的形象。一丛邂逅于少年岁月的比良山上的石楠花，清丽而高洁，三池老人让它长在了心上，视之为一生的精神支柱。短短的篇章勾勒出了老人曲高和寡却始终不悔、笃定如初的学问人生。

井上靖的笔触或细腻绵密，或冷峻犀利，或刚毅笃定，文字中寄寓了井上对人生的独特思考，他以沉稳的笔调讲述了个体在命运面前的无奈与挣扎。这三个故事始终透着一股倔强的韧劲，所以读者们并未感到虚无或灰心，而是在无形中体会到了一种共鸣，并轻声自问：

"倘若终究难得圆满，你是否依然愿意孤勇上路？"

附录　井上靖年谱

1907年（明治四十年）
5月6日,出生于北海道上川郡旭川町,父亲井上隼雄,母亲八重,井上靖为二人的长子。
祖父井上洁。井上家是伊豆汤岛的医生世家。母亲八重是家中的长女。父亲隼雄为井上家赘婿。

1908年（明治四十一年）　1岁
父亲井上隼雄出征前往朝鲜,井上靖同母亲搬至伊豆汤岛。

1909年（明治四十二年）　2岁
因父亲调动工作,迁居至静冈市。

1910年（明治四十三年）　3岁
9月,妹妹出生,和母亲一起搬至汤岛。

1912年（明治四十五年） 5岁
父母离开汤岛,将井上靖交由其户籍上的祖母加乃抚养。加乃是已故的祖父井上洁的小妾,此时已入籍井上家,在法律上是井上靖的祖母,平时独居于仓库中。井上靖与加乃的感情十分深厚。

1914年（大正三年） 7岁
4月,入读汤岛寻常高等小学。

1915年（大正四年） 8岁
9月,曾祖母阿弘去世。

1920年（大正九年） 13岁
1月,祖母加乃去世。2月,来到父亲的任地滨松,和父母一起生活。转学至滨松寻常高等小学。4月,入读滨松师范附属小学高等科。

1921年（大正十年） 14岁
4月,以第一名的成绩考入静冈县立滨松中学,担任班长。同年,父亲前往中国东北工作。

1922年（大正十一年） 15岁
3月,因为父亲被内定为台湾卫戍医院院长,所以寄居于三岛町的姨妈家中。4月,转学至静冈县立沼津中学。

1924年（大正十三年） 17岁
4月,因家人全都去了台湾的父亲身边,所以被托付给三岛的亲戚照顾。夏天，旅行去台北看望父母亲。此时，受老师和友人的影响，开始对诗歌、小说等产生兴趣。

1925年（大正十四年） 18岁
学校发生了学生闹事事件，被认为是带头闹事者之一，被强制搬入了附近的农家，处于老师的监视之下。

1926年（大正十五年·昭和元年） 19岁
2月，在沼津中学《学友会会报》上发表短歌《湿衣》九首。3月，从沼津中学毕业。前往台北的家人身边，但因父亲调任，又搬家至金泽，为高中入学考试做准备。

1927年（昭和二年） 20岁
4月，入读金泽第四高中理科甲类。加入柔道部。同年，征兵检查甲种合格。

1928年（昭和三年） 21岁
5月，应召加入静冈第三四联队，但因为在柔道活动中肋骨骨折，退伍回家。7月，参加在京都举行的柔道高中校际比赛，进入半决赛。8月，拜访住在京都的远亲足立文太郎，初见其长女足立文。从这一时期开始创作诗歌。

1929年（昭和四年） 22岁
2月，在诗歌杂志《日本海诗人》上发表《冬天来临之日》。此后，到1930年年底为止，一直在该杂志上发表诗歌。4月，担任柔道部的队长，但不久便退出了柔道部。5月，加入由福田正夫主办的诗歌杂志《焰》，到1933年5月左右为止，一直在该杂志上发表诗歌。同时还活跃于《高冈新报》、《宣言》(内野健儿主办的无产阶级诗歌杂志)、《北冠》等刊物上。

1930年（昭和五年） 23岁
3月,从四高毕业。4月,入读九州帝国大学法文学部英文科,搬至福冈,但是不久就对大学生活失去了兴趣,前往东京,醉心于文学。从9月开始,放弃使用笔名井上泰,改为自己的本名。10月,从九州帝国大学退学。12月,在弘前,与白户郁之助等人一起创刊同人杂志《文学abc》。

1931年（昭和六年） 24岁
3月,父亲在军医监(少将)的职位上退休,在金泽住了一段时间之后,退隐于伊豆汤岛。

1932年（昭和七年） 25岁
1月,杂志《新青年》上征集平林初之辅的未完遗作——侦探小说《谜一般的女人》的续集,以冬木荒之介的笔名参加征集并入选。此后,不断参加《侦探趣味》《SUNDAY每日》等主办的有奖小说征集活动并入选。2月,应召入伍,半个月后退伍。4月,入读京都帝国大学文学部哲学科,但是基本不去听课。从同年夏天开始,诗风发生改变,从分行诗转向散文诗。

1933年（昭和八年） 26岁
9月,以泽木信乃为笔名,小说《三原山晴夫》参加《SUNDAY每日》的"大众文艺"征集活动,被选为优秀作品。11月,《三原山晴夫》被大阪的剧团"享乐列车"改编成剧目并上演。

1934年（昭和九年） 27岁

3月，以泽木信乃为笔名，参与《SUNDAY每日》的"大众文艺"征集活动，小说《初恋物语》当选。4月，以大学在读的身份加入新成立的电影社脚本部，往返于京都和东京之间。

1935年（昭和十年） 28岁

6月，在《新剧坛》创刊号上发表首部戏曲创作《明治之月》。8月，与友人创刊诗歌杂志《圣餐》。10月，以本名参加《SUNDAY每日》的"大众文艺"征集活动，侦探小说《红庄的恶魔们》当选。《明治之月》在新桥舞剧场上演。11月，与足立文结婚。

1936年（昭和十一年） 29岁

3月，从京都帝国大学文学部哲学科毕业。7月，参加《SUNDAY每日》的"长篇大众文艺"征集活动，《流转》当选为历史小说第一名，并获第一届千叶龟雄奖。以此获奖为契机，8月就职于每日新闻大阪总部。在《SUNDAY每日》编辑部工作。10月，长女几世出生。

1937年（昭和十二年） 30岁

6月，成为学艺部直属职员。9月，应召为中日战争候补人员。《流转》被松竹公司拍成电影。被编入名古屋第三师团派往中国北部，11月，患上脚气病，被送进野战预备医院。

1938年（昭和十三年） 31岁

3月，因病提前退伍。4月，回到每日新闻大阪总部学艺部工作。负责宗教栏目。10月，次女加代出生，但不久就夭折了。

1939年（昭和十四年） 32岁
除宗教栏目外,开始同时负责美术栏目。专注于对佛典、佛教美术等相关内容的取材。

1940年（昭和十五年） 33岁
与安西东卫、竹中郁、小野十三郎、伊东静雄、杉山平一等诗人交往。9月,因职务调整,转至文化部工作。12月,长子修一出生。

1942年（昭和十七年） 35岁
在出版社工作的同时,还在京都帝国大学研究生院进行研究活动。

1943年（昭和十八年） 36岁
1月,《大阪每日新闻》与《东京日日新闻》合并,成立《每日新闻》。4月,与浦上五六合著的《现代先觉者传》发行,所用笔名为浦井靖六。10月,次子卓也出生。

1945年（昭和二十年） 38岁
1月,成为每日新闻社参事。因为学艺栏被裁掉,4月,调动到社会部工作。岳父足立文太郎去世。5月,三女佳子出生。6月,家人被疏散到鸟取县。每天从大阪茨木出发去上班。8月15日,撰写终战文章《听完玉音广播之后》。12月,将家人托付给妻子娘家足立家照顾。

1946年（昭和二十一年） 39岁
1月,就任大阪总社文化部副部长。再次开始诗歌创作。

1947年（昭和二十二年） 40岁
以井上承也为笔名,参加《人间》第一届新人小说征集活动,9月,小说《斗牛》在当选作品空缺的情况下,入选优秀作品。4月,兼任大阪总社评论员。8月,家人迁居至汤岛。

1948年（昭和二十三年） 41岁
1月,完成小说《猎枪》的创作,参加了《人间》第二届新人小说征集活动,但没有入选。2月,协助竹中郁等人创刊诗歌童话杂志《麒麟》,负责挑选诗歌。4月,任东京总社出版局书籍部副部长,独自一人前往东京,暂居于葛饰区奥户新町妙法寺。

1949年（昭和二十四年） 42岁
10月、12月,接连在《文学界》上发表《猎枪》《斗牛》。

1950年（昭和二十五年） 43岁
2月,《斗牛》获第22届芥川文学奖。3月,就任东京总社出版局代理负责人,专注于创作。4月,在《新潮》上发表短篇小说《漆胡樽》。5月开始在《夕刊新大阪》上连载第一部报刊小说《那个人的名字无法说出》。7月,长篇小说《黯潮》开始在《文艺春秋》上连载。8月,《井上靖诗抄》发表于《日本未来派》。

1951年（昭和二十六年） 44岁
1月,开始在《新潮》上连载长篇小说《白牙》(至5月)。5月,从每日新闻社辞职,成为社友。专心从事文学创作。8月,开始在《SUNDAY每日》上连载《战国无赖》,在《文艺春秋》上发表《玉碗记》。10月,在《新潮》上发表《某伪作家的一生》。

1952年（昭和二十七年） 45岁
1月，开始在《妇人画报》上连载《青衣人》（至同年12月）。7月，开始在《新潮》上连载《黑暗平原》。

1953年（昭和二十八年） 46岁
1月，开始在《ALL读物》上连载《罗汉柏物语》。5月，开始在《周刊朝日》上连载《昨天和明天之间》。7月，在《群像》上发表《异域之人》。10月，开始在《小说新潮》上连载《风林火山》。12月，在《别册文艺春秋》上发表《古道尔先生的手套》。

1954年（昭和二十九年） 47岁
3月，开始在《朝日新闻》上连载《明日将至之人》，在《群像》上发表《信松尼记》，在《中央公论》上发表《僧行贺之泪》。

1955年（昭和三十年） 48岁
1月，在《文艺春秋》上发表《弃媪》。从昭和二十九年度下半期（第32届）开始担任芥川文学奖的选考委员。8月，开始在《别册文艺春秋》上连载《淀殿日记》（后改名为《淀君日记》），开始在《小说新潮》上连载《真田军记》。9月，开始在《每日新闻》上连载《涨潮》。10月，由新潮社出版新著长篇小说《黑蝶》。

1956年（昭和三十一年） 49岁
1月，开始在《新潮》上连载长篇小说《射程》。11月，开始在《朝日新闻》上连载《冰壁》。

1957年（昭和三十二年） 50岁
3月，开始在《中央公论》上连载《天平之甍》。10月，开始在《周刊读卖》上连载《海峡》。正在连载的《冰壁》引起了社会热议,成为畅销书。10月末,开始了首次中国之旅,为期近一个月时间。

1958年 (昭和三十三年) 51岁
2月,凭借《天平之甍》获艺术选奖文部大臣奖。3月,在《中央公论》上发表《满月》。5月,在《世界》上发表《幽鬼》。7月,在《文艺春秋》上发表《楼兰》。10月,在《群像》上发表《平蜘蛛釜》。

1959年（昭和三十四年） 52岁
1月,开始在《群像》上连载《敦煌》。2月,凭借《冰壁》等作品获日本艺术院奖。5月,父亲井上隼雄去世。7月,在《声》上发表《洪水》。10月,开始在《文艺春秋》上连载《苍狼》,在《朝日新闻》上连载《漩涡》。

1960年（昭和三十五年） 53岁
1月,开始在《主妇之友》上连载《雪虫》。7月,受每日新闻社派遣前往罗马奥运会采风,周游欧美各国,11月末回国。《敦煌》《楼兰》获每日艺术大奖。

1961年 (昭和三十六年) 54岁
1月,与大冈升平就《苍狼》产生论争。在《东京新闻》晚报等连载《悬崖》。6月末开始进行为期约半个月的访华。10月开始在《周刊朝日》上连载《忧愁平野》。12月,《淀君日记》获野间文艺奖。

1962年（昭和三十七年） 55岁
7月,开始在《每日新闻》上连载《城砦》。

1963年（昭和三十八年） 56岁
2月,开始在《妇人公论》上连载《杨贵妃传》,在《ALL读物》上发表《明妃曲》。4月,为创作《风涛》,前往韩国进行为期约一周的采风。6月,在《文艺》上发表《宦者中行说》。8月,开始在《群像》上连载《风涛》。9月末开始,进行为期约一个月的访华。

1964年（昭和三十九年） 57岁
1月,成为日本艺术院会员。2月,《风涛》获读卖文学奖。5月,为创作《海神》,前往美国进行为期约两个月的旅行采风。9月,开始在《产经新闻》上连载《夏草冬涛》。10月,开始在《展望》上连载《后白河院》。

1965年（昭和四十年） 58岁
5月,在苏联境内的中亚地区进行了为期约一个月的旅行。11月,开始在《朝日新闻》上连载《化石》。

1966年（昭和四十一年） 59岁
1月,分别开始在《文艺春秋》上连载《俄罗斯国醉梦谭》,在《世界》上连载《海神(第一部)》,在《太阳》上连载《西域之旅》。

1967年（昭和四十二年） 60岁
6月,开始在《每日新闻》晚报上连载《夜之声》。夏,受夏威夷大学邀请担任夏季研究班讲师,前往夏威夷旅行。诗集《运河》刊行。

1968年（昭和四十三年） 61岁
1月,开始在《SUNDAY每日》上连载《额田女王》。5月,前往苏联进行为期约一个半月的旅行，为《俄罗斯国醉梦谭》采风。10月，《西域物语》开始在《朝日新闻》周日版连载。12月，《北之海》开始在《东京新闻》等刊物连载。

1969年（昭和四十四年） 62岁
1月，分别开始在《世界》上连载《海神（第二部）》，在《太阳》上连载《西域纪行》。4月，就任日本文艺家协会理事长。《俄罗斯国醉梦谭》获新潮日本文学大奖。7月，在《海》上发表《圣者》。8月，在《群像》上发表《月之光》。

1970年（昭和四十五年） 63岁
1月，开始在《日本经济新闻》上连载《榉木》。9月，开始在《读卖新闻》上连载《方形船》。

1971年（昭和四十六年） 64岁
1月，开始在《文艺春秋》上连载美术游记《与美丽邂逅》。3月，前往美国进行约两周的旅行，为《海神》采风。5月，开始在《朝日新闻》上连载《星与祭》。诗集《季节》刊行。

1972年（昭和四十七年） 65岁
9月，开始在《每日新闻》晚报上连载《年幼时光》。由每日新闻社主办的"井上靖文学展"举行。10月，开始在《世界》上连载《海神（第三部）》。新潮社版《井上靖小说全集》（共32卷）开始出版发行。

1973年（昭和四十八年） 66岁
5月，前往阿富汗、伊朗等地进行为期约一个月的旅行。11月，母亲八重去世。沼津骏河平开设井上文学馆。

1974年（昭和四十九年） 67岁
1月,开始在《文艺春秋》上连载游记《亚历山大之道》。开始在《每日新闻》周日版上连载随笔《一期一会》。9月末开始为期约两周的访华。

1975年（昭和五十年） 68岁
5月,作为访华作家代表团团长,在中国进行了为期约20天的旅行。

1976年（昭和五十一年） 69岁
2月,前往欧洲进行为期约一周的旅行。6月,前往韩国进行为期约10天的旅行。11月,获文化勋章。进行为期约两周的访华。诗集《远征路》刊行。

1977年（昭和五十二年） 70岁
3月,用约10天的时间历访埃及、伊拉克等地。8月,进行为期约20天的访华,前往新疆维吾尔自治区。11月,开始在《每日新闻》上连载《流沙》。

1978年（昭和五十三年） 71岁
1月,开始在《文艺春秋》上连载《我的西域纪行》。5月至6月间访华,首次到访敦煌。

1979年（昭和五十四年） 72岁
3月,每日新闻社主办的"敦煌——壁画艺术与井上靖的诗情展"在大丸东京店等地举行。从夏到秋,跟随电影《天平之甍》摄影组、NHK丝绸之路采访组等多次前往中国、西域等地旅行。

1980年（昭和五十五年） 73岁
3月，和平山郁夫一起参观印度尼西亚婆罗浮屠遗址。4月末开始，和NHK丝绸之路采访组一起行走于西域各地。6月，任日中文化交流协会会长。8月，访华。10月，和NHK丝绸之路采访组一起获菊池宽奖。获佛教传道文化奖。

1981年（昭和五十六年） 74岁
1月，开始在《群像》上连载《本觉坊遗文》。4月，开始在《太阳》上连载随笔《站在河岸边》。5月，任日本笔会会长。9月末，在夫人的陪伴下前往中国旅行，为创作《孔子》采风。10月，就任日本近代文学馆名誉馆长。获放送文化奖。

1982年（昭和五十七年） 75岁
5月，《本觉坊遗文》获新潮日本文学大奖。5月末、11月末、12月末到次年初，三次前往中国旅行。出席巴黎日法文化会议。

1983年（昭和五十八年） 76岁
6月（两次）和12月访华。

1984年（昭和五十九年） 77岁
1月至5月，由每日新闻社主办的展览"与美丽邂逅 井上靖 无法忘却的艺术家们"在横滨高岛屋等地举行。5月，作为运营委员长主持国际笔会东京大会。11月，访华。

1985年（昭和六十年） 78岁
1月,获朝日奖。6月,在夫人的陪伴下,和《俄罗斯国醉梦谭》摄影组一起访问苏联。10月,访华。

1986年（昭和六十一年） 79岁
4月,访华,被授予北京大学名誉博士称号。9月,因食道癌在国立癌症中心住院,接受手术治疗。

1987年（昭和六十二年） 80岁
5月,在夫人的陪伴下前往法国,并游历欧洲各地。6月,开始在《新潮》上连载最后的长篇小说《孔子》。10月,访华。

1988年（昭和六十三年） 81岁
5月,前往中国进行为期10天的旅行,访问孔子的家乡曲阜,为创作《孔子》采风。这是他第27次中国之行,也是最后一次。诗集《旁观者》刊行。

1989年（昭和六十四年·平成元年） 82岁
12月,《孔子》获野间文艺奖。

1991年（平成三年） 84岁
1月29日,在国立癌症中心去世。2月20日,在青山斋场举行葬礼,戒名:峰云院文华法德日靖居士。